W 1+1工程
1+1
GONG
CHENG
第一辑

……全有蝴蝶蜻蜓飞来飞去。这一切孩子都喜欢，孩子在河滩
……捉蝴蝶追蜻蜓，跑来跑去。

……见河滩上有一个女孩。女孩没在河滩上跑来跑去，她坐
……着太阳那边看。

……，孩子说："你在看什么呀？"

……子她看什么，她反过头来看了看孩子，问起他来。

……知道太阳是什么颜色吗？"

……那边看了看，然后说："太阳是白色的。"

……对，大人说太阳不是白色的。

……太阳是金色的？

……也是这么说的，可大人说我错了。

……太阳是什么颜色呢？

……也不知道。

……玩，总会把脸朝着太阳那边看。在孩子眼里
……或金色的。但那女孩说不是。那太阳是什
……子很想知道。

……很多人，孩子看见那些到河边来玩的人
……人家。孩子说："你知道太阳是什

……是白色的。

……对。

……的。

……是什么

……。

……多
……

# 太阳的颜色

## 刘国芳

百花洲文艺出版社
BAIHUAZHOU LITERATURE AND ART PRESS

**图书在版编目(CIP)数据**

太阳的颜色／刘国芳著. —南昌:百花洲文艺出版社,2013.5(2018.12重印)

(微阅读1+1工程)

ISBN 978 - 7 - 5500 - 0623 - 2

Ⅰ.①太… Ⅱ.①刘… Ⅲ.①小小说—小说集—中国—当代 Ⅳ.①I247.8

中国版本图书馆 CIP 数据核字(2013)第 099359 号

## 太阳的颜色

刘国芳 著

出 版 人:姚雪雪

组稿编辑:陈永林

责任编辑:赵 霞 李莉娟

出 版:百花洲文艺出版社

发行单位:全国新华书店

印 刷:北京柯蓝博泰印务有限公司

开 本:700mm×960mm 1/16

印 张:12

版 次:2013 年 8 月第 1 版

印 次:2018 年 12 月第 3 次印刷

字 数:129 千字

书 号:ISBN 978 - 7 - 5500 - 0623 - 2

定 价:29.80 元

赣版权登字:05 - 2013 - 218

# 前　言

　　以"极短的篇幅包容极大的思想"，才能够以小胜大，经过读者的阅读，碰撞出思想的火花，震撼人的心灵。正因为这样，微型小说成为一种充满了幽默智慧、充满了空灵巧妙的独特文体。

　　如果说在二十一世纪的头一个十年，是互联网大大改变了我们的生活，那么在我们正在经历的第二个十年里，手机将更为巨大地改变我们的生活。如今，以智能手机为平台，正在构成一个巨大的阅读平台。一种新的阅读方式正不知不觉地走进大众的生活。一个新的名词就此产生，它便是"微阅读"。微阅读，是一种借短消息、网络和短文体生存的阅读方式。微阅读是阅读领域的快餐，口袋书、手机报、微博，都代表微阅读。等车时，习惯拿出手机看新闻；走路时，喜欢戴上耳机"听"小说；陪人逛街，看电子书打发等待的时间。如果有这些行为，那说明你已在不知不觉中成为"微阅读"的忠实执行者了。让我们对微型小说前景充满信心和期待的是，微型小说在微阅读的浪潮中担当着极为重要的"源头活水"。

肩负着繁荣中国微型小说创作、促进这一文体进一步健康发展的责任和使命，微型小说选刊杂志社推出了"微阅读 1 + 1 工程"系列丛书。这套书由一百个当代中国微型小说作家的个人自选集组成，是微型小说选刊杂志社的一项以"打造文体，推出作家，奉献精品"为目的的微型小说重点工程。相信这套书的出版，对于促进微型小说文体的进一步推广和传播，对于激励微型小说作家的创作热情，对于微型小说这一文体与新媒体的进一步结合，将有着极为重要的作用和意义。

编者

2014 年 9 月

# 目　录

 # 太阳的颜色

　　一个住在河边的孩子，总在河滩上玩，河滩上有青青的草，草里有红红白白的花，花里有蝴蝶蜻蜓飞来飞去。这一切孩子都喜欢，孩子在河滩上拈花惹草，捉蝴蝶追蜻蜓，跑来跑去。

　　一天，孩子看见河滩上有一个女孩。女孩没在河滩上跑来跑去，她坐在那儿，脸朝着太阳那边看。

　　孩子走了过去，孩子说："你在看什么呀？"

　　女孩没回答孩子她看什么，她反过头来看了看孩子，问起他来，女孩说："你知道太阳是什么颜色吗？"

　　孩子也朝太阳那边看了看，然后说："太阳是白色的。"

　　女孩说："不对，大人说太阳不是白色的。"

　　孩子说："那太阳是金色的？"

　　女孩说："我也是这么说的，可大人说我错了。"

　　孩子说："那太阳是什么颜色呢？"

　　女孩说："我也不知道。"

　　孩子再在河边玩，总会把脸朝着太阳那边看。在孩子眼里，太阳就是白色或金色的，但那女孩说不是。那太阳是什么颜色呢？孩子很想知道。

　　孩子后来问过很多人，孩子看见那些到河边来玩的人，就会跑过去问人家，孩子说："你知道太阳是什么颜色吗？"

　　回答："太阳是白色的。"

　　孩子说："不对。"

　　"太阳是金色的。"

　　"也不对。"

　　"那你说太阳是什么颜色？"

　　"我也不知道。"

　　孩子问了很多人，但还是没告诉他太阳是什么颜色。

一天一个兵从河边走过，兵看见孩子一个人在河边玩，跑了过来，近了，兵开口跟孩子说："小孩子不要到河边来玩。"

兵又说："小孩子一个人到河边来玩，危险。"

兵还说："小孩子，你快回去。"

孩子没走，他看着兵，又问起他来，孩子说："叔叔，你知道太阳是什么颜色吗?"

兵说："白色的。"

孩子说："不对。"

兵又说："那是金色的?"

孩子说："也不对。"

兵说："那你说太阳是什么颜色?"

孩子说："我也不知道。"

孩子说着时，水里漂来了一个好看的瓶子，孩子见了，伸手去捞。但水边很滑，孩子脚下一滑，落水了。

兵见了，衣服也没脱，就往水里跳。

河边还有人，孩子一落水，就有人往孩子家里跑，去喊孩子大人来。孩子的家不远，就在河边上，不一会儿，孩子大人就来了。那时候兵已把孩子抱了上岸。孩子大人见了，吓坏了，紧紧地抱着孩子，忘了兵的存在。

兵悄悄走了。

孩子看着兵走去，他一身湿漉漉的，满身的水珠，太阳照过去，那些水珠闪闪发光，好像一个个小小的太阳。

孩子后来又见着女孩了，孩子告诉她说："我知道太阳是什么颜色了。"

女孩说："太阳是什么颜色?"

"太阳是绿色的。"孩子说。

# 重　复

孩子在河滩上放牛，河滩上有一棵树，孩子到树下歇息。一个老人，也到河滩上放牛，老人随后也来到树下。孩子见了老人，就说："爷爷，你也来放牛呀？"

老人呆呆地看着边上的河水，老人说："时间真的像流水一样快，人一下子就老了。"

孩子说："人老了，别的事做不动了，就来放牛，对吗？"

老人点点头。

第二天，孩子又到河滩上放牛，孩子仍在树下歇息。不一会，老人也来了。孩子见了老人，又说："爷爷，又看见你了。"

老人说："今天是不是昨天？"

孩子说："今天就是今天，怎么会是昨天？"

老人说："我怎么觉得今天像昨天。"

孩子说："爷爷，我听不懂你的话。"

老人说："昨天在这里见到你，今天也在这里见到了，今天重复了昨天，你说，今天像不像昨天？"

孩子似乎听懂了，孩子点点头，呆呆地看着老人。

这个孩子，不久以后去读书了，先读小学，再读中学，但孩子没读高中，更没读大学。孩子读了中学后就回家务农了，然后结婚生子。起先，孩子也有些雄心壮志，为此，孩子出去闯荡了好多年，但四十岁之后，孩子又回到了农村，专心务农。再后来，年纪慢慢大了，他的儿子也结婚生子了。这个时候，孩子绝对不是孩子了，他是个老人了。

一天，老人到河滩上放牛，河滩上有一棵树，老人到树下歇息。一个孩子，也到河滩上放牛，孩子随后也来到树下。孩子见了老人，就说："爷爷，你也来放牛呀？"

老人呆呆地看着边上的河水，老人说："时间真的像流水一样快，人一下子就老了。"

孩子说: "人老了, 别的事做不动了, 就来放牛, 对吗?"

老人点点头。

第二天, 老人又到河滩上放牛, 老人仍在树下歇息。不一会, 孩子也来了。孩子见了老人, 又说: "爷爷, 又看见你了。"

老人说: "今天是不是昨天?"

孩子说: "今天就是今天, 怎么会是昨天?"

老人说: "我怎么觉得今天像昨天。"

孩子说: "爷爷, 我听不懂你的话。"

老人说: "昨天在这里见到你, 今天也在这里见到了, 今天重复了昨天, 你说, 今天像不像昨天?"

孩子似乎听懂了, 孩子点点头, 呆呆地看着老人。

# 童　话

孩子唯一的玩具是一盒积木。

一盒塑料积木，可以拼很多房子。孩子的大人告诉孩子，他拼出的那些房子也可以叫别墅。孩子记住了大人的话，天天在家里拼别墅。在那些拼出的别墅里，孩子最喜欢一种二层尖顶的别墅。孩子觉得这尖顶的别墅特别好看，像童话里的房子。孩子大多数时间都会拼出这种童话一样的别墅，然后认真看着。一次孩子还把那童话一样的别墅端在手上，然后走出来。在外面，孩子看看手里童话一样的别墅，又看看自己住的房子，孩子住的房子是木板屋，又矮又旧，而孩子手里童话一样的别墅新颖别致，特别好看。在孩子看着时，孩子的大人出来了，孩子于是问着大人说："我们也做一幢这样的别墅呀？"

大人说："做不起。"

孩子说："为什么做不起？"

大人说："要钱。"

孩子说："有钱就做得起吗？"

大人点头。

孩子说："我大了一定赚很多的钱，做一幢这样的别墅。"

在以后好长一段时间里，那盒积木别墅还是孩子的唯一玩具。他总是拼了拆，拆了拼，而且，大多数时间他都拼出那种尖顶的像童话里的别墅。拼出这种别墅，孩子就想，以后大了，赚了钱，就做这样一种别墅。

毫无疑问，这是孩子的理想，小小的孩子，竟然就有了理想。

但孩子的理想，别人实现了。一天，孩子出去，居然看见一幢童话一样的别墅就在眼前。也就是说，他看见的那幢别墅不是他拼出的积木别墅，而是在他眼前真实的存在。这幢别墅也是二层，尖顶，而且窗子上嵌着红玻璃，真的像童话里的别墅。孩子呆呆地看着，还绕着别墅转了好几圈，然后跑回家把自己的积木别墅捧了出来，在那儿对照着。千真万确，孩子觉得它们一模一样。

　　孩子后来经常去看那幢童话一样的别墅，他觉得这别墅太好看了。别的孩子也是这样想的，他们也像孩子一样来看那幢别墅。一次孩子就看到一个小女孩绕着别墅转来转去，看见孩子也在看别墅，小女孩说："这房子真好看。"

　　孩子说："这是别墅。"

　　小女孩说："我大了也要住这样的别墅。"

　　孩子说："你的想法怎么跟我一样？"

　　小女孩说："是你的想法跟我一样。"

　　在孩子和小女孩说着话时，又一个孩子走了过来，这孩子问着他们说："你们知道这别墅是谁做的吗？"

　　孩子和小女孩摇着头说："不知道。"

　　那孩子说："我知道。"

　　孩子和小女孩一起问："谁做的？"

　　那孩子说："一个当官的人做的。"

　　那孩子说着，拿一只粉笔在别墅的墙上写字，但才动笔，就被别墅的主人发现了，一个男人把一个脑袋探出来凶着他们说："谁叫你在墙上写字？"

　　几个孩子吓坏了，跑了。

　　但后来，那墙上还是被人写了字。一天，孩子就看到墙上写着"大厦"两个字。又一天，孩子看到墙上写着"这是童话里的房子"这样几个字。孩子就奇怪了，不知道别人怎么会有他一样的想法。孩子有一天手里也拿着粉笔，这时候孩子读书了，会写字，孩子四处看看，没看到人，也拿粉笔往墙壁上写字，孩子写道："我的理想就是住上这种像童话一样的别墅"。

　　写过，孩子跑了。

　　那几个字，孩子以为会被人擦了，但没有，那字一直在墙上。到后来，孩子就经常看到一些孩子在墙上写字，不仅有孩子在墙上写字，甚至有人拿石子砸玻璃。一次孩子就看到一个孩子捡起一个石子往玻璃上砸，随着抨的一声响，玻璃哗哗啦啦掉下来。孩子没砸，但也吓坏了，赶紧跑，但那个砸玻璃的孩子喊住孩子，他跟孩子说："别怕，没人出来追我们？"

　　孩子说："为什么？"

　　那孩子说："我大人告诉我，这是贪官住的房子，他被抓了。"

　　孩子说："这样呀，我说怎么有人往墙上写字也没人管。"

　　过后，孩子便经常看到一些孩子拿石头砸玻璃，甚至，有一次孩子也扔了一个石子，扔过，孩子还走过去捡玻璃。那是红玻璃，孩子捡起一块，往眼睛上一放，于是，孩子看到世界一片迷蒙。

后来那别墅所有的玻璃都被人砸了，这样看起来，那别墅便支离破碎了。

再后来的一天，那儿要建一幢更高的楼，于是，在一个下午，孩子听到轰的一声响，别墅被炸塌了。

孩子再看不那别墅了，其实，孩子的积木别墅还在，他仍可以搭出那样的别墅，但孩子那时候大了，他再没兴趣搭积木了。

积木被孩子扔在墙角，那是孩子一个远去的童话。

# 等妈妈回家

孩子问大人要了两块钱，上街买笔。在街上，孩子看见一个人讨钱。这人没有一只手，一只脚也吊着。天很冷，孩子看见这个人在寒风中瑟瑟发抖。孩子立即同情起这个人来，孩子走过去，把手里的钱给了那个人。

孩子只有两块钱，把钱给了人家，孩子就没钱了。孩子于是跑了回家，伸一只手出来，跟大人说："妈妈，给我两块钱买笔。"

大人就很奇怪了，跟孩子说："我刚才不是给了你两块钱吗?"

孩子说："我在街上看见一个人，好可怜好可怜，没有手，我把钱给了他了。"

大人听了，用手在孩子额头上点了一下，骂孩子说："你都这么大人，怎么还不懂事，街上那么多叫花子，你有几多少钱给他们。"

孩子没想到大人会骂他，孩子觉得蛮委屈。

几天后，孩子跟了大人上街，在街上，孩子看见前面一个小偷把手往一个女人的口袋里塞。孩子跑了过去，跟女人说："阿姨，有人要偷你的东西。"

孩子的大人就在后面，大人赶紧过去拉了孩子就走，走远了些，孩子的大人打了孩子一个巴掌，然后大声骂着孩子说："你怎么这么不懂事呀，小偷偷东西，人家都不管，你去管，你不怕小偷打死你。"

大人还说："下次不要这样不懂事，管他偷谁的东西，与你无关，听到没?"

孩子怯怯地看着大人，点了头点。

又是几天后，孩子仍跟大人上了一次街。在街上，孩子看见一个人酒喝多了，倒在地上。当时落着雨，那人就躺在雨里，身边雨水哗哗地流。天很冷，孩子觉得再没人帮那人，那人一定会冻死。孩子于是跟大人说："妈妈，我们帮他一下吧，把他送回家。"但话还没完，大人就凶了孩子一句："你什么时候才会懂事呀，跟你说了，别人的事不要管，你管他会不会冻死，别人都不管，你管什么。"

大人又说："你也不小了，要懂事，听到没？"

孩子点点头，默默地跟着大人走了。

类似的事情还真发生过，这天一辆汽车撞倒一个女人。汽车撞了人，逃跑了。这女人撞得很厉害，倒在地上，身上脸上全是血。周围很多人围着看，但没人把女人往医院送。后来孩子放学了，孩子跟一个同学一起回家。在路上，孩子和他的同学看见很多人围在一起，也挤过去看。于是他们看见地上躺着一个身上脸上都是血的女人。孩子那个同学吓坏了，跟孩子说："这阿姨撞得这么凶，要赶快送医院。"

孩子摇摇头，孩子说："我妈妈说了，别人的事不要管。"

在孩子说着话时，女人含含糊糊地说了一两句话，孩子好像听到女人说救救她，但孩子没做声，只拉着同学回家了。

孩子很快就回到了家，但在家里，孩子没见到大人。

这天，孩子的大人一直没回来，孩子等到很晚很晚，也没见到大人，孩子害怕了，一个人在屋里呜呜地哭着，边哭边说："妈妈，你怎么不回来呀？"

# 胡 同

　　画室在一条胡同里，这是一条很深的胡同，孩子跟着大人去画室，走了很久也没走到，孩子于是问了一句："怎么还没到呀？"

　　大人说："就要到了"。

　　孩子真的以为就要到了，但没有，又走了很久，才到。

　　以后，大人总带着孩子走在这条胡同里，孩子很不情愿，有一天跟大人说："我不想画画。"

　　大人说："为什么？"

　　孩子说："我不喜欢。"

　　大人凶起来，大人说："不喜欢也得画。"

　　大人还说："一个人不会一技之长，以后怎样在社会上立足。"

　　孩子嗫嚅着："我可以学别的呀，干吗偏要学画画？"

　　大人仍凶："就学画画，我给你选定了这门。"

　　孩子不敢再说了。

　　孩子大概真的不喜欢画画，画了很久，也没什么进步。而一些跟孩子一起学画的孩子，早就画什么像什么了。其中一个孩子的一幅画，还获了全省一等奖。另两个孩子，获了三等奖。还有一些孩子，获了市里的奖。孩子不笨，晓得自己跟人家的差距。孩子于是越加没信心，孩子总跟大人说："我不想画画。"

　　孩子还说："我不是画画的料。"

　　大人的想法恰恰跟孩子相反，大人从那些获奖的孩子身上，看到了希望，他认为只要假以时日，自己的孩子也会画得好，也会获奖。所以当孩子说他不想画画，还说他不是画画的料时，大人很生气，不仅生气，简直有点儿愤怒了，大人总是凶着孩子说："不想画也得画。"

　　大人还凶："我就不相信天生有画画的料。"

　　孩子又不敢做声了。

过后，大人还那样带着孩子走在胡同里，走许久许久，到画室了，然后孩子进去画画，大人在门口等。一天等烦了，大人在那条胡同里走了起来。大人想看看那条胡同到底通到哪儿，走了许久，大人走到头了，一堵墙拦住了大人。

原来是一条死胡同。

孩子一天画累了，看看大人不在门口，便出来了。孩子像大人一样在胡同里走了起来，孩子也想看看那条胡同到底通到哪儿。

走了许久，孩子走到头了。

是一堵墙拦住了孩子。

孩子也知道这是一条死胡同。

一天孩子把他的发现告诉了大人，孩子说："这是一条死胡同。"

大人有点儿奇怪，大人说："你怎么知道?"

孩子说："我走过。"

大人又凶起孩子来，大人说："谁叫你乱走?"

孩子不做声了。

孩子的画，还是没进步，他跟别的孩子比，相差更大了。有一个孩子，他的画获了全国的奖，被一个权威机构收藏了。还有几个孩子的画，上了画册。这时莫说孩子没信心，就是老师，对孩子也失去了信心，一次老师跟孩子的大人说："你孩子似乎不适合画画。"

大人还是那句："我就不相信天生有画画的料。"

孩子知道自己不是画画的料，孩子后来真的不想画了，他怕看见画板，怕拿着画笔。孩子越不想画，大人越逼他。一天大人看见孩子拿着画笔在画板前发呆，便凶道："画呀!"

孩子没画。

大人又凶："叫你画画，你听到没有!"

孩子仍没画。

大人便狠狠地打了孩子两巴掌。

孩子哭起来。

孩子哭着时大人还在边上凶着说："叫你画画，听到没有!"

孩子动手画起来。

泪眼蒙眬中，孩子画了一条很深的胡同，还画了一个小小的人，走在胡同里。

大人看不懂孩子画的什么，又在边上凶道："你画的什么呀，乱七八糟。"

# 火 车

孩子没见过火车，但听说过。村里有个人，坐过火车，孩子问过他，孩子说："火车是什么样子呀？"

"长长的。"那人说。

那人说着时，看见天上飞着喷气飞机，两条白白的线，在天上画得老长老长。那人于是用手指了天上的白线说："火车就像天上飞机经过的线一样，两条铁轨也老长老长。"

孩子点点头，他知道火车是什么样子了。

过后，孩子见着天上飞着喷气飞机，就跟着跑，还喊着说："火车，火车——"

"那是喷气飞机，不是火车。"有人说。

"都一样，火车也是这样老长老长的。"孩子说。

孩子十二岁那年，一条铁路修到他家门口了。孩子天天往工地上跑，后来，铁路就修好了，两条铁轨长长的。

孩子走在铁轨上，问着人家说："这就是火车吗？"

"这是铁轨。"人家告诉他。

后来，火车就开通了，当火车第一次轰隆隆开来时，孩子跟着跑了好远好远，孩子边跑边说："火车——火车——"

这以后，孩子一看见火车，就跟着跑，边跑边喊："火车——火车——"

一天跑过，孩子还问一个大人说："这火车开到哪里去呀？"

"开到很远很远的地方去。"有大人告诉孩子。

孩子这天回家后，很认真地跟大人说："我要坐火车。"

大人说："你坐火车去哪儿呢？"

孩子说："去很远很远的地方"

大人笑笑，大人说："等你大了吧，你大了再去很远很远的地方。"

孩子很固执，孩子说："我就要坐火车。"

6

孩子后来天天吵着要坐火车，有一天，大人居然依了孩子，大人跟孩子说："那你就坐火车去坪山你姑姑家吧。"

孩子说："去坪山坐汽车呀?"

大人说："现在可以坐火车去了。"

这天下午，孩子跟着大人出门了。路上，有人问孩子说："你去哪里呀?"

"去坐火车。"孩子说。

"坐火车去哪儿呢?"人家又问。

"去很远很远的地方。"孩子说。

孩子后来就上了火车，但孩子的大人忙，没时间带孩子去，大人一再交代孩子说："你坐三站，到坪山站下，你姑姑会在外面接你。"

孩子说："知道。"

随着一声响，火车开通了。

那时是傍晚了，孩子把眼睛贴着窗往外看，目不转睛。但后来，天就黑了，外面什么也看不见了。外面看不见了，孩子还睁大眼睛，往外看着。再后来，孩子就累了，孩子把头靠玻璃上，睡着了。

孩子醒了后，第一句话就问："到坪山了吗?"

一个人说："已经过了。"

孩子一听，急了，孩子说："我在坪山下，我姑姑在外面接我，现在过了，怎么办呀?"

说着，孩子哇一声哭了。

# 当兵的爸爸

　　小女孩住在河边，河边是一条青青翠翠的堤。小女孩经常到堤上来玩，一天玩着时，小女孩就看见爸爸了。这是一个穿军装的兵，兵在前面走，小女孩在后面看见了，就喊："爸爸——"

　　兵没听到，没回头。

　　小女孩便不停地喊道："爸爸——爸爸——"

　　这回，兵听到了，兵回过头来，兵说："叫我吗?"

　　小女孩又喊："爸爸——"

　　兵说："我不是你爸爸。"

　　小女孩听了，哇一声哭起来，

　　兵见了，有些慌，兵赶紧抱起小女孩，还说："好，我是你爸爸。"

　　小女孩就不哭了，但说："爸爸，你怎么这么久不回家呀?"

　　兵笑笑，跟小女孩说："这不是回来了吗。"

　　小女孩笑了。

　　这个上午，兵和小女孩在堤上玩了很久。小女孩特别高兴，在堤上跑来跑去，捉蜻蜓捉蝴蝶。但后来，兵还是要离开小女孩，兵跟小女孩说："我要回去了。"

　　小女孩说："爸爸你还来看我吗?"

　　兵说："来，还来看你。"

　　兵说着，走了。

　　小女孩随后也回家了，在家里，小女孩跟妈妈说："妈妈，我在堤上看到爸爸了。"

　　妈妈说："瞎说，你哪见得到爸爸?"

　　小女孩说："真的，我真的在堤上见到爸爸了，爸爸还穿着军装，他还陪我在堤上玩了好久。"

　　妈妈说："他不是你爸爸。"

小女孩有些急了，小女孩说："是，就是我爸爸，他还会来看我。"

妈妈说："好，是你爸爸。"

小女孩又笑了。

小女孩过后还会到堤上去，现在，小女孩一到堤上，就到处看。但好多天好多天过去了，小女孩也没看到爸爸。

兵其实来过，但没碰到小女孩。这天，兵又来了，但还是没看到小女孩。兵这天没走，站堤上等。小女孩的妈妈在兵等着时走上了堤，见一个兵在堤上等着，小女孩的妈妈明白了，小女孩的妈妈走过去笑着说："在等一个女孩，是吗?"

兵说："是，我答应了还来看她。"

小女孩的妈妈说："我是她妈妈，她爸爸也是当兵的。"

兵说："我猜到了。"

小女孩的妈妈说："她好久没见到爸爸，所以一见到当兵的就喊爸爸。"

兵说："我女儿也一样，见到当兵的就喊爸爸。"

小女孩的妈妈说："你是不是也有很久没见到你女儿了?"

兵说："确实好久没见了，所以在这儿见到一个喊我爸爸的女孩，觉得特别亲切，也为此，我还想见到她。"

小女孩的妈妈说："那我喊她出来。"

小女孩的妈妈说着，大声喊道："燕燕，你看谁来了。"

小女孩出来了，旋即，小女孩看见兵了，小女孩跑起来，边跑边喊："爸爸——爸爸——"

两个大人笑了。

# 海边的孩子

曾经在海边看见一个拾破烂的孩子，孩子八九岁的样子，很黑，也很瘦，穿一条短裤，提一只编织袋，在海边跑来跑去。

那是七月天，天很热，海滩上到处都是人，到处都是太阳伞，不时地有人把空易拉罐、矿泉水瓶扔在沙滩上，孩子见了，飞快地跑过去捡。每捡到一个瓶子，孩子都一脸高兴。水里也有人喝饮料，喝完，瓶子就扔在水里。孩子见了，忙把短裤一脱，赤裸着往水里去。水深的话，孩子就游过去。海边的孩子，很小就会游泳，而且姿势很好看。

孩子后来就来到了我们这儿，孩子看见我们在喝健力宝，便远远地站下了。我见了，招了招手，让孩子过来，然后把空瓶子递给他。孩子接着，说了一句谢谢叔叔。

我们当中一位女士，大概觉得孩子很可爱，女士问起孩子来，跟他说："这么热的天，你不怕热呀。"

孩子说："不热。"

女士说："谁让你来捡易拉罐的？"

孩子说："我自己。"

女士说："你为什么要来捡易拉罐？"

孩子说："卖钱读书。"

孩子说着时，忽然看见水里漂着一个瓶子，孩子撒腿就往那儿跑，到水边时，仍把短裤一脱，往水里蹿。

我们那位女士一脸怜惜，三下两下把手里的健力宝喝了，还催同伴快喝，然后拿着空瓶子往小孩那儿去。

这个下午，我们一直都看得见孩子，孩子这里跑跑那里跑跑，在太阳伞下穿来梭去。傍晚时分，我们一伙人在海边一家露天餐馆坐下，那孩子，也在不远的地方。孩子手里的蛇皮袋鼓鼓囊囊了，看来收获不小了。

我们的邻桌，一个男人在吃一碗水饺。但才吃了几只，男人就不吃了，起身走了。老板娘随后过来收拾，见快餐盒里还有大半盒水饺，有些舍不得扔掉。老板娘四处看了看，忽然就看见了孩子。老板娘于是招了招手，喊孩子过来并把那大半盒水饺递给孩子。但孩子没接，孩子摆摆手说："我不要。"

老板娘说："你不喜欢吃水饺吗?"

孩子说："喜欢。"

老板娘说："那你为什么不要?"

孩子没说，只提着编织袋走了。

过了一会，孩子回来了，孩子的袋子已经空了。我们那位女士见了，就说："你捡的东西呢?"

孩子说："卖了。"

孩子说过，去卖了一盒水饺，然后坐在我们邻桌慢慢吃起来。

我们当时都很震动，我们看着孩子，在心里升起了敬意。

我们走时，轻轻地把几个空易拉罐放进了孩子的袋子。

现在，我们还记着孩子，孩子那么小，就知道不吃嗟来之食，他的行为，给自食其力作了最好的注释。

# 花儿的声音

一朵黄花，细细的，极不起眼。少年不知道这叫什么花，少年相信，很多很多人，也不会知道这叫什么花。但这朵细细的花，开成一片时，却十分好看。这是一条河边，少年看见河滩上开满了这种黄色的小花。一块河滩，因为这些小花，便色彩斑斓了，河滩上像铺了一块花毯。少年没见过这么好看的景致，在一片花海里，少年流连忘返了。

少年后来忍不住伸手摘起花来，一朵、二朵、三朵……很快，少年手里就有了小小的一束了。忽然，少年身边响起了一个声音，一个小女孩的声音，这声音说："小哥哥，你也觉得这些花好看，是吗？"

少年抬起头，于是少年看见一个穿黄衣服的小女孩站在跟前。小女孩看着少年，又说道："可是小哥哥你为什么要摘了它呢，你不觉得这些花开着更好看吗？"

少年就脸红了，少年手里攥着小小的一束花，窘在那里。

一只蝴蝶飞过来，黄色的，跟那些花儿一样。小女孩见了，追着蝴蝶去了。

后来，这个小女孩一直追着蝴蝶，要捉它。少年再没摘花了，但还在河滩上流连。忽然，一只蝴蝶停在一朵花上，少年见了，蹑手蹑脚走过去。近了，少年一伸手，把蝴蝶捉住了。

少年随后把蝴蝶给了小女孩，小女孩接着，很高兴的样子，左看右看，但看了一会儿，小女孩忽然一松手，把蝴蝶放飞了。

少年见了，有些诧异，少年说："你怎么把蝴蝶放了？"

小女孩说："我喜欢看蝴蝶飞着，小哥哥，你不觉得蝴蝶飞着时更好看吗？"

少年点点头。

小女孩随后仍追着蝴蝶，到处跑。少年呢，也跟着跑。后来，堤上就传来一个声音，一个女人的喊声，女人喊道："花儿，回家——"

小女孩应了一声，跟少年说："小哥哥，我回家了。"

说着，小女孩走了。

少年一直看着小女孩，渐渐地，小女孩走远了。远处，那些黄黄的花儿开成一片，小女孩溶进那些花里了。少年觉得，小女孩也是一朵花了。

少年后来还来过这儿，花还开着，但那个像花儿一样的小女孩，少年再没见到了。少年很想见到那个小女孩，少年没走，仍在河滩上流连。后来，几个女孩跑来了，她们看见满河滩的花，很陶醉的样子。于是，她们满河滩上跑着，有一个女孩，也跟那天的少年一样，忍不住伸手摘起花来，一朵、二朵、三朵……

忽然，一个声音出现了，像那个小女孩的声音，这声音说："小姐姐，你也觉得这些花好看，是吗？"

这声音又说："可是小姐姐，你为什么要摘了它呢，你不觉得这些花开着更好看吗？"

女孩就脸红了，女孩手里攥着小小的一束花，窘在那里。

但少年却没看到说话的人，少年四面看了看，还没看到，于是少年问窘在那儿的女孩说："刚才，谁在跟你说话呀？"

女孩说："你呀。"

少年现在也明白是自己在说话，但少年还是说："是我在说话吗，我怎么不觉得那是自己的声音呢？"

女孩说："那是谁的声音？"

"花儿的声音。"少年跟自己说。

# 回 家

　　老人去河边洗衣，把孩子带着。河边有蝴蝶飞来飞去，孩子喜欢蝴蝶，总跟着蝴蝶跑来跑去。一天走来一个女人，女人一直看着孩子，孩子走到哪儿，女人跟着到哪儿。后来，女人还拉着孩子。老人后来看见了女人，老人便凶起那个女人来，老人说："你不要靠近他。"

　　女人便讪讪一笑，走了。

　　河边还有许多洗衣服的人，有些人，也带着孩子来。但那些孩子，大都跟着妈妈来，不像孩子，是跟奶奶来的。那些孩子天天妈妈妈妈地喊着，孩子有所醒悟了，觉得自己也该有个妈妈，孩子于是问起老人来，孩子说："奶奶，我妈妈呢?"

　　老人不睬孩子。

　　孩子有点儿不屈不挠，继续问道："奶奶，我妈妈呢，我怎么总不见我妈妈呀?"

　　老人不知怎样回答孩子了，但这时一只蝴蝶飞来了，在孩子跟前飞来飞去。老人看了看蝴蝶，跟孩子说："你妈妈变成蝴蝶飞走了。"

　　孩子觉得很意外，孩子说："奶奶，真的吗?"

　　"真的。"老人说。

　　孩子就呆了，看着蝴蝶发呆。

　　蝴蝶慢慢往远处飞，孩子跟着，也往远处去。

　　老人看着孩子走远了，老人便大声喊着孩子，老人说："你去哪呀?"

　　孩子说："我去找妈妈。"

　　孩子说着，跟着蝴蝶走远了。蝴蝶一会儿飞到堤上，一会儿飞到堤下，孩子也一会儿走到堤上一会儿走到堤下。边走，孩子还边说："蝴蝶，你要去哪里呀，要带我去见我妈妈吗?"

　　蝴蝶不会做声，只翩跹着翅膀，好像在回答孩子。

　　后来，蝴蝶不见了。

孩子看不见蝴蝶，哭了起来，到处乱走，边走边说："妈妈，你在哪里呀?"

一个女人在孩子哭着时走近了孩子，女人说："你哭什么呀?"

孩子说："我妈妈不见了。"

女人说："你妈妈怎么会不见呢?"

孩子说："我妈妈变成蝴蝶飞走了。"

女人说："胡说，你妈妈怎么会变成蝴蝶呢?"

孩子说："真的，我奶奶说的。"

孩子说着，仍那样呜呜地哭着。

在孩子的哭声里，女人一双眼睛也流泪了。

女人后来劝孩子回家，孩子不回，孩子说："我要找妈妈。"

女人说："我是你妈妈，你跟我回家吧。"

孩子有些不信，孩子说："你真是我妈妈吗，奶奶说你变成了蝴蝶，真的吗?"

女人说："真的。"

孩子说："那么，你现在怎么不是蝴蝶呢?"

女人说："我又变了回来呀。"

孩子就破涕为笑了，孩子说："妈妈，你带我回家。"

# 乞 讨

女人的丈夫在城里做事，城里把这种身份的人叫农民工。有一天，女人带儿子去城里找丈夫。在街上，女人身上的五十块钱被人偷了。女人是个乡下女人，平时舍不得乱花一分钱，现在五十块钱不见了，女人非常难过。女人在翻遍身上的口袋也没找到钱后，竟坐在路边哭了起来。不是号啕大哭，是那种伤心的抽泣。

女人的孩子八九岁了，就站在女人跟前，看见女人哭，孩子就说："妈妈走呀。"

女人不睬孩子，仍抽泣着。

离女人两三米远也坐了一个人，一个蓬头垢面一身乌黑坐那儿讨钱的乞丐。乞丐边上就是女人，这就让人误解了，以为女人也是讨钱的。但这个讨钱的女人和那个乞丐比，真有天壤之别。女人尽管是乡下女人，但身上干干净净、清清爽爽的。不仅如此，女人还好看。许多从女人跟前走过的人，都觉得没见过这样好看的讨钱的人。于是有人扔钱给女人，一块、两块地扔下来。有一个人，扔了五块钱给女人。还有一个人，甚至扔了十块钱给女人。而那个真正讨钱的乞丐，因为蓬头垢面一身乌黑，谁见了他都想躲远点儿。这样的人，倒没人扔钱给他。

女人原本只是想在路边坐一下，马上就走。但看见有人扔钱给她，而且五块十块地扔，女人不想走了。女人后来一直坐在那儿，直到一个上午过去了，女人才起身，牵了儿子走了。

走到没人的地方，女人把钱拿出来一算，竟有60多块钱。这结果女人完全没想到，女人当然不难过了，很高兴。

女人的儿子看见那么多钱，很不解，儿子问女人说："妈妈，怎么那么多城里人给我们钱呀？"

女人说："城里人心好。"

说着，女人牵了儿子往丈夫租住的房子走去。

这样的事，女人后来还如法炮制了一回。这天，女人又牵了儿子去城里找丈夫。在快到丈夫租住的房子跟前，女人跟儿子说："爸爸住的地方你认识吗？"

　　儿子说："认识，就在前面。"

　　女人说："你先去找爸爸，我出去办些事。"

　　女人说着，转身走了。

　　随后，女人和上次一样，在一条街边坐下来，而且仍坐在一个蓬头垢面一身乌黑的乞丐边上。

　　毫无疑问，女人又坐在这儿乞讨了。

　　真的很少有人看见过女人这样的乞丐，干干净净的，还好看。有人扔钱给女人，一块、两块地扔下来。一个人扔了五块，有一个人，甚至扔了十块钱给女人。

　　一个上午过去，女人才离开了。到没人的地方一算，也有60多块钱。

　　但女人回来后，竟没看到儿子。女人急起来，问着丈夫说："儿子来过吗？"

　　丈夫说："没有。"

　　女人说："一直没来过？"

　　丈夫说："没有。"

　　女人吓坏了，跟丈夫说："我让他来找你呀，他怎么没来？"

　　说着，女人转身就往外跑，去找儿子。

　　女人的丈夫也往外跑，一起去找。

　　找了半天，他们看到儿子了。

　　他们看到儿子坐在一个乞丐边，有人走过，扔一块钱，又扔一块钱。

　　毫无疑问，他们的儿子也在乞讨。

# 格朵的电话

他在旅游时，到过一条叫格凸的河，还在格凸河边上的一个寨子里看过表演。表演的节目不多，但很惊险。其中一个叫上刀山的节目，看得他心惊肉跳。一个男人，在插满刀子的杆子上往上爬。那刀子的刀刃朝上，这样，男人便要踩着刀刃往上爬。男人表演下来后，他摸了摸刀刃，很锋利。他手里拿着甘蔗，把甘蔗往刀刃上一敲，甘蔗被削断了。

接下来的表演让他目瞪口呆，还是上刀山，但现在表演的人不是大人了，而是一个只有十二三岁的孩子。孩子像大人一样踩着刀刃往上爬，而且速度很快。看的人都屏气凝神，生怕大声说了一句话，就会惊动孩子，让孩子跌下来。

孩子没有跌下来，是从容地爬下来的。他在孩子下来后走近孩子，然后问孩子说："你叫什么呀？"

"格朵。"孩子说。

他说："你为什么要表演这么危险的节目？"

"赚钱呀。"孩子说。

他说："你这么小就赚钱做什么？"

"赚了钱，大了就可以娶媳妇。"孩子说。

他说："娶了媳妇呢？"

"生个孩子，也让他像我一样表演。"孩子说。

孩子的话更让他惊讶，以前，他曾在小说里看过这样的内容，说一个放羊的孩子，有人问孩子放羊做什么？孩子说赚钱。又问赚钱做什么？孩子说娶媳妇。再问娶媳妇做什么？孩子说生儿子。接下来问生儿子做什么呢？孩子说也让他放羊。他当时看了，觉得这是写小说的人瞎编的。没想到，到这儿旅游时，真有人这么回答他。他后来走近那个表演的男人，跟他说："别让格朵表演这么危险的节目。"

男人说："不表演节目，做什么呢？"

他说："让格朵去读书呀，格朵看起来很聪明，将来读大学也有可能。"

男人说："你以为我们是你们呀，他就是考取了，我们也没钱读。"

他不知怎样回答男人，待了一会儿，他递给男人一张名片，他说："希望你让格朵读书，有困难可以打我电话。"

接下来继续旅游，在另一个寨子里，他又见到了上刀山这个节目，也是一个大人表演完了后，一个和格朵差不多大的孩子继续表演。看着孩子表演，他觉得这孩子也是格朵。孩子下来后，他又问着孩子说："你为什么要表演这么危险的节目？"

"赚钱呀。"孩子说。

他说："你这么小就赚钱做什么？"

"赚了钱，大了就可以娶媳妇。"孩子说。

他说："娶了媳妇呢？"

"生个孩子，也让他像我一样表演。"孩子说。

他听了摇摇头，叹一声。

让他没想到的是，在接下来的几天旅游中，他几乎每天都看到过上刀山的表演。也是一些像格朵一样的孩子，在插着刀子的杆子上爬上爬下。其中有一个孩子，比格朵还小，只有十来岁的样子。看着孩子表演，他不再心惊肉跳了，甚至，他现在没什么感觉了。有人问他好不好看？他没说好也没说不好，只跟人家说："这里的格朵太多了。"

没人听得懂他这句话。

大概几个月后，他忽然接到一个电话。是一个孩子打来的，孩子说："刘叔叔吗，我是格朵。"

他说："格朵，哪儿的格朵？"

孩子说："格凸河的格朵呀。"

他说："格凸河，格凸河在哪儿呢？"

电话那边再没有声音了，过了一会儿，他听到电话里咯哒一声，挂机了。

# 花儿与少年

一个十六岁的少年，忽然觉得自己也有情人了。少年走在街上，跟很多人说："我跟你们一样，也有情人了。"当然，少年没把这话说出口。他看着街上那些拉着手的情人，在心里这么说。

其实，少年跟他那个"情人"还没说过话。那也是个跟少年差不多大的女孩，她是少年心目中的情人。

现在，少年就往女孩那儿去。

女孩开了一片花店，少年最初往女孩花店门口走过，只是觉得女孩店里的花好看。玫瑰、百合、丁香……少年觉得每一朵花都好看。后来，少年看见了坐在花边的女孩。少年于是觉得，女孩跟花一样好看。少年就记住这片花店了，他有事没事都往花店门口走去。看一眼花，又看一眼女孩。这时，在少年眼里，女孩就是花，花就是女孩。少年正值情窦初开的年龄。他忽然想到了，要是以后找情人，就找女孩这样的情人。这个想法在少年心里酝酿久了，少年就觉得自己有了情人了。那个开花店的女孩，就是他的情人。

很快，少年走到女孩花店了。

少年还没跟女孩说过话，只是从女孩花店门口走过。少年不想这么走开，于是，少年又走了回来。但少年还是没敢走进花店，他仍然是从花店门口走过。少年还是不想这么走开，于是，他又走了回来……一个男孩，反反复复从门口走过。就让敏感的女孩注意上了。当少年再一次从花店门口走过时，女孩迅速捕捉到少年瞥向自己的眼神。于是女孩盈盈地笑着说："看你走来走去，想买花吗？"

少年的心思被人识破了，他有那么一点儿尴尬，但少年很快调整了过来，少年在女孩店门口停下来，回答女孩说："这些花儿真好看。"

女孩说："那过来看呀。"

少年便走进了花店。

少年走进花店后便认真地看起花来，而女孩则认真地看着少年，看了一会儿，女孩忽然扑哧一声笑了出来。

少年不知女孩笑什么，少年说："你笑什么?"

女孩说："一个少年和花在一起，让我想起一首好听的歌曲。"

少年知道女孩说的是哪首歌曲，少年说："《花儿与少年》。"

女孩说："现在，这首美好的音乐仿佛就在我心里流淌。"

少年说："也流淌在我心里。"

此后，女孩和少年很久都没有说话，仿佛，那音乐真在他们心里流淌，让他们陶醉。

少年后来要离开了，但又有点儿恋恋不舍。女孩把少年的形态看在眼里，女孩跟少年说："你这么喜欢花，买一枝呀?"

少年说："我买花做什么呢?"

女孩说："送人呀。"

少年说："送给谁呢?"

女孩说："你想送给谁就送给谁。"

少年就买了一枝，一枝玫瑰花。

然后少年走了。

但很快，少年又回来了，少年手里，仍捧着那枝玫瑰花，少年跟女孩说："我不知道把花送给谁好。"

女孩说："送给你最想送的人。"

少年说："我最想把花送给你。"

女孩忽地有些脸红了，但女孩还是接过了花，女孩说："谢谢!"

少年再走出来，真觉得自己有情人了，少年走在街上，跟很多人说："我跟你们一样，也有情人了，我都给她送了玫瑰花了。"少年这回说出口了，但少年的声音很细很细，只有他一个人听得见自己的声音。

# 迷 失

　　孩子要出去玩，孩子的母亲喊住孩子，母亲说："不要去外面，走远了，就迷失了。"

　　孩子仍要往外走，母亲又说："外面有坏人，你出去就会被坏人拐走了。"

　　孩子就不敢往外走了。

　　孩子不出去，孩子的母亲要出去，出去办事，走到门外，母亲又说："不要出去，在家里玩。"

　　孩子点点头说："好。"

　　孩子点头时，母亲走了。

　　孩子真不敢出门，在家里玩。玩了一会儿，孩子的父亲回来了。孩子见了父亲，扑到父亲身上，还说："爸爸，带我出去玩。"

　　父亲点点头，带孩子出门了。路上，孩子的父亲想跟妻子打个电话，但手机没电，没打成。

　　在孩子父亲要打电话时，孩子的母亲回家了。还在门外，孩子的母亲就喊着孩子说："小亚，妈妈回来了？"

　　没声音应她。

　　孩子的母亲又喊："小亚，你在哪呢？"

　　仍没声音应她。

　　孩子的母亲就在屋里到处找孩子，但孩子出去了，哪里找得到。孩子的母亲急了，冲到门外喊起来："小亚，你在哪？"

　　仍然没人应她。

　　孩子的母亲随后里里外外找孩子，边找边喊，但不可能找到孩子。孩子的母亲吓坏了，急忙打丈夫的手机。但丈夫的手机没电，打不通。孩子的母亲这下真慌了，沿着门口那条街去找孩子。孩子的母亲一边寻着孩子，一边喊着："小亚，你在哪呢？"

街上很多人，都看着她。

一路上有好几个人认识她，他们问着说："你怎么啦？"

孩子的母亲说："我小亚不见了。"

他们说："那快找。"

孩子的母亲点点头，大声喊着："小亚，你在哪？"

没声音应她。

又一个男人，也认识孩子的母亲，男人说："你怎么啦？"

孩子的母亲说："我小亚不见了。"

男人说："赶快找。"

男人说过，眼睛一眨，打起鬼主意来。男人随后去一家移动网点买了一张不用身份证的手机号，然后跟孩子的母亲打起电话来，男人说："你不用找了，是我绑架了你孩子。"

孩子的母亲说："你是谁？"

男人说："我是谁你不用管，你想你儿子安全，就把两万块钱放在邮电局门口的垃圾箱里。"

男人又说："不要报案，你报案我就杀了你儿子。"

说着，手机挂了。

女人吓坏了，又打丈夫的手机，但丈夫的手机仍打不通。女人无法可想，只好急急忙忙赶回家，拿了存折赶到银行，取了两万块钱，然后按男人的要求，把钱用报纸包好，放进邮电局门口的垃圾箱。放完，女人打通了男人的电话，女人说："我已经把钱按你的要求放好了。"

男人说："你孩子在旺旺超市门口。"

孩子的母亲又急急忙忙往那儿赶。

那男人，在她走开后过去把钱拿走了。

在男人把钱拿走后不久，孩子的母亲也赶到旺旺超市门口了。很巧的是，她在这儿真的看见了孩子，但孩子没被人绑架，而是被她丈夫牵着，他们刚刚逛完了超市。

# 纸手镯

男生是上课最不用心的一个，男生上课不是说话，就是做小动作，要不，找一些纸折纸飞机，让飞机在教室里到处飞。老师和同学都说过男生，让他好好学习。但男生不会听，男生说："我读书还有什么用？"

这句话让好多人回答不出来，男生家里有钱，是这个城市最有钱的人家。男生告诉过人家，他家里光是法拉利就有二辆，还有一辆宾利。男生常反问那些同学说："读书的最终目的是为了赚钱，我现在已经很有钱了，你们说我还有必要好好读书吗？"

这话确实让很多同学无话可说，但有一个女生，还是很认真地回答说："你家有钱是另一回事，但作为学生，你就得好好学习。"

男生眨眨眼，也不知怎样回答了。

这天上课，男生又开小差了，用一堆花花绿绿的纸折一只纸手镯。等男生把纸手镯折好，就下课了。一下课，男生就扔了纸手镯，然后提了书包回家。但才走不远，那个女生追了上来，女生说："你又开小差了。"

男生说："这不是常有的事吗，你还在大惊小怪呀？"

女生说："我已经见怪不怪了，但我还是觉得，作为学生，你就得好好学习。"

男生说："你烦死了。"

说着，男生跑走了。

这事就这样过去了，但几天后，男生惊奇地发现，他那天折的纸手镯，竟戴在那个女生的手腕上。这天女生值日擦黑板，那只纸手镯，便从女生袖子里露了出来。男生一看就明白，那是自己折的纸手镯。男生随后在放学的路上拦住女生，男生说："笑死人了，你手上戴着纸手镯。"

女生说："我喜欢。"

男生说："我挺感动的，你会戴我折的纸手镯。"

说着，男生跑走了。

这天下午，也是放学的路上，男生又拦住女生，男生手里拿着一只金手镯，男生把金手镯递给女生，男生说："这是一只金手镯，几千块钱，我把它送给你。"

女生说："为什么要送我一只金手镯？"

男生说："哪有人戴纸手镯，这就是理由。"

女生说："我不要。"

男生很固执，男生忽地捉住女生的手，把女生手腕上那只纸手镯扯了，然后把金手镯塞给女生。但女生坚决不要，女生挣开男生，跑走了。

又过了一天，男生再次拦住女生，男生手里仍拿着一只手镯，男生说："你是嫌上一只手镯便宜吧，这只是镶钻的，几万块。"

女生说："你污辱我。"

男生一脸冤枉的样子，男生说："我没有，我只是觉得哪有人戴纸手镯的，为此，我要送你一只值钱的手镯。"

女生说："我不要，坚决不要。"

男生说："哪你到底要什么？"

女生说："我只要你好好学习。"

男生说："我好好学习，真的跟你有关系吗？"

女生说："没有，但我觉得，作为学生，就得好好学习。"

女生说着，跑走了。

男生没走，男生这天站那儿呆了很久很久。

自这天后，男生好像变了些，男生上课不像以前那样说话、做小动作了。也就是说，男生学习用心了起来。老师和同学当然发现了男生的变化，但没人知道男生为什么变了。因为，没人知道男生和女生的秘密。

这天，男生忽然又在放学的路上拦住了女生，男生说："我要再送你一只手镯。"

女生说："我不要。"

男生说："你会要的。"

说着，男生拿出手镯来，是一只纸手镯，用花花绿绿的纸折的。女生见了，就一脸的开心，女生说："我要了。"

这天又是女生值日，擦黑板时，纸手镯从女生袖子里露了出来，男生当然看见了，男生忽然觉得，这只手镯戴在女生手上，真的很好看很好看。

# 日 子

女儿大了，找男朋友了，但母亲不喜欢女儿找的男朋友，母亲总跟女儿说："你分手吧，我不同意你们好。"

女儿嘟着嘴，说："你不就是嫌他没工作吗？"

母亲说："这还不重要吗？没有工作，他以后怎么养活你。"

女儿说："我从来没有想过让别人养活，我会自己养活自己。"

母亲说："日子不是你想象的那么简单。"

母亲又说："你就听妈的话吧，妈是过来人，知道好坏。"

但女儿不听话，女儿说："我自己的事，我自己决定。"

母亲说："妈这是为你好。"

女儿说："你为我好，就不要干涉我。"

从女儿谈男朋友，到女儿快要结婚，母亲就一直反对。上面那些话，母女俩已经重复了几百遍了。后来，女儿要结婚了，母亲还是反对，母亲说："我怎么生了你这样一个女儿呀，你要跟他结婚，以后就别回这个家了。"

女儿真的很不听话，女儿不管不顾地离开了母亲，结婚了。

母亲真的看得出好坏，女儿结婚后，日子过得很不好。男的没工作，这不要紧，但男的不勤快，成天东游西逛，还抽烟喝酒赌博。女儿自从结婚后第三天，就开始跟男的吵。有时候不仅吵，还打架。女儿这时候才知道母亲以前说的话是正确的，但已经晚了，女儿这时好恨自己当初没听母亲的话。女儿有一天回家去看母亲，发现母亲老了，满头白发，满脸皱纹。女儿便觉得很对不起母亲，女儿流着泪跟母亲说："都是我不好，没听妈妈的话。"

母亲说："什么都别说了，好好过日子吧。"

母亲的话，对女儿来说，已经是一种奢望了，女儿根本没办法好好过日子。女儿在生了一个女孩后，男的仍然对这个家不管不顾，仍然整天在外抽烟喝酒赌博。女儿真的没想到她会找到这样一个人，女儿觉得她在日子里煎熬。

这一煎熬就是20年。

这20年过去，女儿的女孩也大了，也找男朋友了。但女儿，不对，现在也该称女儿为母亲了。母亲也不喜欢女孩找的男朋友，母亲总跟女孩说："你分手吧，我不同意你们好。"

女儿嘟着嘴，说："你不就是嫌他没工作吗？"

母亲说："这还不重要吗？没有工作，他以后怎么养活你。"

女儿说："我从来没有想过让别人养活，我会自己养活自己。"

母亲说："日子不是你想象的那么简单。"

母亲又说："你就听妈的话吧，妈是过来人，知道好坏。"

但女儿不听话，女儿说："我自己的事，我自己决定。"

母亲说："妈这是为你好。"

女儿说："你为我好，就不要干涉我。"

母亲这回没有妥协，坚决反对，母亲说："我一定要干涉，妈不能看着你走我的老路。"

女孩还是不听，女孩有一天居然告诉母亲，她准备结婚了。母亲坚决反对，母亲在无法说服女儿后，忽然爬上了窗台，母亲跟女孩说："你硬不听话，硬要结婚，我就从这楼上跳下去。"

女孩就吓住了，女孩看见母亲泪流满面的样子，终于妥协了，答应跟男朋友分手。随后，当女孩把母亲从窗台上扶了下来时，女孩狠狠地说了一句："我恨你。"

这话像刀子一样挖着母亲。

母亲这晚一直呆坐着，很晚，母亲才动身。从镜子跟前走过时，母亲忽然发现自己老了，满头白发，满脸皱纹。

母亲忽然觉得，她的日子，就像她脸上的皱纹，坎坎坷坷。

# 梦里女孩

一个女孩，她那种清纯飘逸的样子，会让人觉得这是从梦里走出来的女孩。

平见着女孩时，就产生了这样的想法。

平当时去宾馆找人，乘电梯上去。电梯门开了，平看见电梯外面站着那个女孩。平从电梯里出来，女孩走进电梯。平看见女孩最多只有两三秒钟，但平却忘不了女孩。这样清纯飘逸无限美好的女孩，平觉得现实里很难见到，只有梦里才见得到。

有意思的是，晚上，平真的在梦里见到这个女孩了。

好像，在梦里女孩从电梯里出来，平要进去。但看见女孩从电梯里出来后，平没有进去。在梦里平很大胆，他跟着女孩，还开口跟女孩说："你知道么，你清纯飘逸的样子让人觉得你是从梦里走出来的女孩。"

平其实在梦里，但他不觉得自己在梦里。

女孩盈盈地笑着，女孩说："你怎么会有这样的感觉呢？"

平说："我不知道，感觉就这样。"

女孩说："你的感觉怪怪的。"

平说："一点儿也不怪，我总在梦里见到你，今天，总算在现实里见到你了。"

平仍不觉得那是梦，觉得他在现实里。

女孩仍笑，女孩说："你这人真有意思。"

平也笑了起来，说："一直想在现实里见到你，今天见到了，我想知道你是谁？"

女孩说："这很重要吗？"

平说："很重要。"

女孩说："我不告诉你。"

平有些失望了。

女孩看出了平的失望，女孩又笑了，说："其实我是谁并不重要，重要的是，我们之间要有好感，这样，我们以后才能再见，你说是吗？"

平说："我对你绝对有好感。"

女孩说："我对你，好像也有了好感。"

梦里的事情总是那样不可思议，女孩才说过对平有好感，就依偎过来。平见了，一伸手，把女孩抱紧了。

遗憾的是平这时醒了，没把梦继续下去。

平醒了后一直躺在床上，回味着那个梦，回味着那个女孩，觉得特别的温馨甜蜜。

梦里这个女孩，平后来在现实里也多次见到。还是在宾馆，平有时从电梯里出来，有时往电梯里去，都碰到过女孩。多碰到几次，女孩好像跟平熟了些，见了平会微微笑一下。有一回，女孩又看着平笑，当时女孩从电梯里出来，平要往电梯里去。平在女孩笑过后胆大起来，平没往电梯里去，而是跟着女孩，然后把梦里的话说了出来，平说："你知道么，你清纯飘逸的样子让人觉得你是从梦里走出来的女孩。"

女孩盈盈地笑着，女孩说："你怎么会有这样的感觉呢？"

平说："我不知道，感觉就这样。"

女孩说："你的感觉怪怪的。"

平说："一点儿也不怪，我总在梦里见到你，今天，总算在现实里见到你了。"

这回是在现实里，不是在梦里，但现实几乎是那个梦的翻版。

继续下去还一样。

女孩仍笑，女孩说："你这人真有意思。"

平也笑起来，平说："一直想在现实里见到你，今天见到了，我想知道你是谁？"

女孩说："这很重要吗？"

平说："很重要。"

女孩说："我不告诉你。"

平有些失望了。

接下来跟梦里有些不同，女孩这时开门走进了房间，平则站在门口。女孩见了，就说："想进来吗？"

平当然想，平立即跟了进去。

女孩在平进来后把门关了，然后说："其实我是谁并不重要，只要你对我有兴趣就可以，你说是吗?"

平说:"我对你绝对有兴趣。"

女孩说:"我对你，好像也有了兴趣。"

在现实里，有些事情也同样不可思议，女孩才说过对平有兴趣，就依偎过来。平见了，一伸手，把女孩抱紧了。

这回没有遗憾，平不是在做梦，是在现实里。他把女孩抱紧后，跟女孩滚到床上了。

从女孩身上爬起来，穿好衣服，平要走了，但这时女孩喊住了他，女孩冷着一张脸说:"你忘了什么吗?"

平到处看看，回答说:"没忘了什么。"

女孩说:"你忘了给钱。"

平就给了女孩 200 块钱。

给了钱，女孩脸上又有了笑容，女孩甚至走到门口，看着平进了电梯，才把门关了。

平很快从电梯里出来，又很快，平走出了宾馆。

在宾馆外面，平看到了一个女孩。女孩从宾馆门口走过，女孩清纯飘逸的样子，让平觉得这才是他梦里见过的女孩。

平看着女孩呆了。

# 别　墅

　　有一天他和妻子去看了一幢别墅。妻子告诉他，他们老总做了一幢别墅，他们一伙同事去看，问他去不去。他点点头，跟妻子去了。到了，他觉得那幢别墅做得真好，里面外面都好看，让他觉得走进了童话里的世界。他是这样想的，妻子却这样说了出来。妻子看着别墅啧啧称赞，一脸羡慕，还说："真漂亮，像童话里的世界。"

　　他走的时候，把那幢别墅也带走了。

　　其实，别墅他是带不走的，但别墅装进了他的思想里，让他带走了。以后，那幢别墅不时地出现在他眼前，这是一幢里外都好看的别墅，像童话里的世界。在别墅出现在他眼前时，他又想起了他小时候。他小时候有一盒积木，塑料的积木，五颜六色，可以拼成各种各样好看的别墅。他小时候总是拼那些别墅，拼了一种又一种。每拼好一种，他都跟人家说："我大了也住这样的别墅。"

　　可惜，他大了，并没住上这样的别墅。

　　这天，他翻箱倒柜，又把那盒塑料积木找了出来。他还会拼，很快，他拼好了一幢别墅。他妻子也在，见他拼出别墅来，便说："真好看。"

　　他听了，叹一声说："可惜，这只是积木别墅。"

　　那时他下岗了，也没找到新工作，于是他整天没事。他妻子也下岗了，但妻子很快找到了事做，在一家公司打工，公司老总就是那个做了一幢别墅的人。妻子出去做事了，他一个人没事，就拿出那盒塑料积木来，拼别墅。他拼了一种又一种，拼了拆，拆了拼，妻子回来见了，就说："我们什么时候住得上这样的别墅呀？"

　　他说："会有的，一切都会有的。"

　　妻子说："是呀，只要我们努力，我们也住得上那么好看的别墅。"

　　他也觉得应该努力，于是他去外面找工作。但工作难找，他在外面蹿了好多天，也没找到工作。没有工作，他还得闲在家里。在家一闲，他又拿出那盒塑料积木来，拼各种各样的别墅，也是拼了拆，拆了拼。一天过于投入，竟忘了煮饭。那天妻子加班，回家时已经很晚了，但妻子回来时他仍没做饭。妻子回来看见冷锅冷灶，有些生气了，妻子说："成天拼那些积木别墅有什么用嘛，有本事像我们老总一样做一幢真的别墅出来。"

妻子这话说得有些重了，伤了他的自尊，他也有些生气了，他说："那你嫁给他呀，嫁给他你就可以住别墅了。"

他这话也说得重了，但妻子再没说什么，只抹了抹眼，把一双眼睛抹得湿湿的。

他也没再说。

过后，他再没玩那塑料积木了，他把积木收好放了起来。但积木别墅收了起来，他心里依然会出现一幢别墅。这幢别墅就是妻子老总那幢好看的别墅，随着这幢别墅的出现，他妻子也出现了，妻子在别墅里啧啧称赞，一脸羡慕，还说："真漂亮，像童话里的世界。"

这其实是那天妻子去看他们老总别墅时的情景。这情景，后来反复在他眼前出现。

这后来的一段时间，妻子经常很晚回家，妻子的解释是她在公司加班。他开始信了，但有一天，当他在家等着妻子，当他眼里又出现那幢好看的别墅时，他忽然有一个古怪的想法，这想法就是，妻子是不是又在那幢别墅里呢？

这天妻子回家时，他盯着妻子看了许久，然后说："怎么这么晚回来？"

妻子说："加班呀？"

他说："是加班吗？"

妻子说："当然是加班呀，我还骗你不成。"

他说："我才不信呢。"当然，他这句话没说出来，只在心里说。

后来，只要妻子一不在家，他就会觉得妻子在他们老总那幢好看的别墅里。他觉得这完全是有可能的，一幢那么好看的别墅，肯定会吸引很多女人，他妻子，完全有可能吸了去。想到这里，他不安了，坐也不是站也不是。一天不安时，他觉得应该去那幢别墅看看，看看妻子是不是真的在那幢别墅里。

他真动身去了。

也不是太远，坐了几站公交车，就到了。但到了那儿，他不可能进得去，他只能在外面等着。那别墅靠着马路，有一道门，就开在马路边。他到了后在黑暗里站了一会儿，然后在马路这边的一棵大树下坐了下来。

那路不宽，他坐下后紧紧地盯着别墅的大门看。

但看了许久，对面悄无声息，一点儿动静也没有。

他没放弃，仍坐在那儿，盯着看。

又过了许久，对面还是没有动静。

他仍等着。

等了很久很久，应该很晚了，他仍没看见对面有动静。这时，倒是他自己身上有动静了，那就是他身上的小灵通响了。他一看，是家里的电话打来的，接通后，他听到妻子说："你怎么不在家呀？"

他不知道怎样回答，只"唔"了一声。

妻子又说："你在做什么呀？"

他仍然不知道怎么回答，此刻，深更半夜的，他也不知道自己在做什么？

# 爱情如风

有时候，爱情来得比风还快。

他开车到乡下一个亲戚家做客，在厨房，他注意上一个女人了。女人三十来岁，看得出她是乡下女人，但女人非常干净，而且清纯秀气。在乡下，这样的女人算得上很好看了。这个上午，因为这个女人，他不时地往厨房去并左一眼右一眼地看着女人。女人好像也注意上了他，女人看着他笑一下，又笑一下。他在女人笑着时跟女人说起话来，他说："你也是宝秀的亲戚呀？"

宝秀就是他乡下的亲戚，女人当然知道宝秀是谁，女人说："亲戚倒不是，我们是一个村的，宝秀喊我过来帮厨。"

他说："你也是这个村的呀，但你不像乡下人，我还以为你是宝秀城里的亲戚。"

女人说："是你说的好。"

他说："你叫什么？"

女人说："采莲。"

再进厨房时，他忽然就喊了一声采莲。采莲当时正在切菜，听了喊抬起头来，看见是他喊，采莲就说："是你呀，我以为是哪个熟人。"

当时厨房里只有采莲一个人，他说话就有些大胆了，他说："我已经觉得你是我的熟人了。"

女人说："怎么会呢，我们才见面。"

他说："你没听说一见如故这个词吗，这个故，就是老熟人的意思。"

女人说："你还是读书人。"

他笑笑，算是回答。

中午准时开酒，宝秀见他边上有个空位子，就让女人坐在他边上。女人坐了过来，随后，两个人就不停地说话，他说城里的事，比如城里车多，早晨上班老是堵车，开车比走路还慢。女人则跟他说乡下的事，比如乡下到处做屋，只要条件好一些的人家，都做了屋。有人看他们窃窃私语，就说："你们很谈得来呀？"

一个喜欢开玩笑的人则开着玩笑说："你们是不是在谈情说爱呀？"

女人说："人家怎么会看上我们乡下人。"

他是个胆大的人，他说："我就看上你这个乡下人了。"

女人脸红了。

酒结束了，他也要回去了。他跟亲戚宝秀说回去，但磨磨蹭蹭又没走。他舍不得走，他真得看上了女人，他觉得应该跟女人继续下去而不能戛然而止。在他磨蹭时，女人忽然过来跟他说："你是去城里吗，我想搭你的车去我娘家看看我母亲。"

他欢天喜地了。

这回他不磨蹭了，很快发动车走了。

其实，这时候他们一个有情，一个有意，车才开不远，他就大着胆说："我真的看上了你。"

女人说："你喝多了酒吧？"

他说："你看见了，我滴酒没沾。"

女人说："你们城里有的是漂亮的女人，你怎么会看上我？"

他说："城里女人大多虚情假意，做作，没你这么质朴。"

女人说："我们才认识，你怎么就会看上我呢？"

他说："这就叫一见钟情。"

女人说："真有一见钟情？"

他说："当然，我对你就是一见钟情。"

一路说着话，车就快进城了，他忽然记起女人要回娘家看母亲，他问道："还没到你娘家吗？"

女人说："早过了。"

他笑笑说："我送你回去。"

这个下午，他的车在那条乡村路上来来回回兜着。后来，车终于停了，停在离路不远的一棵树下。车一停，他就跟女人坐到后车厢后，然后两个人抱在一起了。

他没想到这么快就得到了女人，他很激动，他说："我会对你好！"

女人说："你不要骗我？"

他说："我不骗你，我发誓要对你好。"

女人说："你说话要算数。"

他说："肯定算数，我一定会对你好。"

两个人重新坐起来时，互相交换了手机号码。

这场爱情，真的来得像风一样快。但来得快，去得也快，在他一个人开着车往回走时，他面前忽然站了一个人，这人说："你这事做得真荒唐，乡下女人怎么惹得，到时她会缠着你，问你要这要那，要你给她做屋，还要培养她的儿女，你不同意，一个村的人都会上门找你，把你弄得身败名裂的。"

他吓坏了，想看清楚面前说话的人，但面前根本没人。那是另一个他，站在他面前。

他忽然清醒了，他告诫自己，不能跟女人再继续了，必须立即中断跟女人的关系。这样想过，他后来再不联系女人了，一次都没联系过。

女人也没联系他，也就是说，女人没找过他，虽然女人有他的手机号，但女人一次都没找过他。

一年过去了。

这天他又去亲戚家，忽然，他看见女人了。女人还是那样好看，清纯秀气。不仅如此，这时他还觉得女人不是那种胡搅蛮缠的人。这一年过去，女人没来找过他一次，也就是没来找他的麻烦。想到这些，他忽然觉得女人是那种可以继续好下去的人。这样想着，他又对女人有兴趣了，不时地说女人好。但女人根本不睬他，他有些急了，看看跟前无人，竟然伸手要把女人拢过来。女人当然不让他得逞，不仅推开了他，还一抬手打了他一个巴掌。打过，女人不骂不叫，转身走了。

这一巴掌，也打掉了他对女人的非分之想。

故事结束了，一年过去了，两年过去了，三年过去了。这几年，他没见到过女人，也忘记了女人。但这年，他又去亲戚家时，忽然想到了女人，于是他问着亲戚说："采莲呢，怎么总没看到过她？"

亲戚说："采莲，哪个采莲？"

 # 无踪无影

男人开一辆宝马在街上兜，车上，坐着男人一个朋友。朋友一边跟男人说着话，一边东张西望。突然，朋友看见街边一个女孩好看，于是跟男人说："那女孩特别好看。"

男人瞥一眼女孩，跟朋友说："他是我女朋友。"

朋友说："你不要看见好看的女孩就说是你女朋友。"

男人说："真的，她真的是我女朋友。"

朋友说："是你女朋友，你喊她上车呀？"

男人说："我这就喊她上车。"

说着，男人把车停了，然后下车往女孩那儿去。

很快到女孩跟前了，男人跟女孩笑一笑，然后说："很少看见你这样漂亮的女孩。"

女孩说："谢谢！"

男人又说："我跟我朋友说你是我女朋友，你愿暂时做一下我女朋友吗？"

女孩说："我又不认识你。"

男人说："以前是不认识，但现在不就认识了吗？"

女孩说："不行。"

男人说："临时冒充一下吧，不然，我面子就丢大了。"

女孩说："不好吧。"

男人说："有什么不好，那辆宝马是我的车，我也算有点档次的人，你做我女朋友，不会跌你身份的。"

女孩看看男人的宝马，点了点头。

朋友看着男人跟女孩说话，但离得有些远，朋友不知道他们说什么。随后，朋友看着男人把女孩带了过来。上车后，男人看着女孩说："我说你是我女朋友，他还不信。"

女孩看着男人的朋友笑了笑。

朋友也笑，然后看着女孩说："我很少见到你这样漂亮的女孩。"

女孩又说："谢谢！"

男人和女孩在车上，朋友就显得多余了，朋友很知趣，没过一会儿就下车了，男人在朋友下车后跟女孩说："你就做我真正的女朋友吧？"

女孩说："这怎么行，我都不知道你是谁？"

男人说："那我现在告诉你我是谁，我叫李刚。"

女孩说："你叫李刚呀，我还以为你会说我爸是李刚哩。"

男人说："我叫李刚，我爸肯定不叫李刚，但我爸比那个李刚强多了，他是胡非集团的董事长。"

女孩说："胡非集团我听过，它是我们城市最大的房地产公司，难怪你开的车这么好。"

男人说："你还看得懂车？"

女孩说："我对车有兴趣。"

男人说："应该对车有兴趣，对车有兴趣，表示你时尚，前卫和潮流。"

女人说："可是我买不起车。"

男人说："你做我女朋友，我给你买一辆。"

女孩说："你骗我吧？"

男人说："我不骗你，我现在就让你开。"

女孩说："我不会开。"

男人说："不要紧，自动挡的，坐上去就会开。"

说着，男人真把车开到一条人少的路上，然后让女孩开，女孩开着车，很兴奋的样子，女孩说："感觉真好。"

男人说："感觉好我就给你买一辆。"

女孩说："真的还是假的？"

男人说："我们现在就去看车吧。"

真去了，在宝马 4S 店看了一辆 3 系宝马，在奥迪 4S 店看了一辆奥迪 A4，在奔驰 4S 店看了一辆奔驰 A。看来看去，女孩还是喜欢宝马。男人看他喜欢宝马，跟他说："就宝马吧，明天我们来订车。"

女孩说："我怀疑这是梦。"

男人说："不是梦，但你必须是我女朋友，我才会帮助她买车。"

女孩说："我知道。"

这天他们就没分开，天晚了，男人带女孩去开了房。

毫无疑问，他们在一起了。

但让女孩没想到的是，第二天一早，女孩睡醒了时，居然发现房里只有她一个人，也就是说，男人不见了。女孩喊了几声，没人答应。女孩在房里傻了一会儿，跑出去找，但哪里找得到，那个男人和那辆车，早已无踪无影了。

# 积　木

　　女孩一直向往住上一幢别墅一样的房子。

　　小时候，女孩跟外婆住在一起，那是一间小阁楼，只有七平米。大了些，女孩到了父母身边。但父母的住房也是小小的一间房子。女孩有一个同学，住在一幢别墅里，女孩有一次去了同学家，那别墅十分漂亮，女孩羡慕极了。从此，女孩有了这个美好的向往。

　　女孩后来走出去，看见好看的别墅，总会看上半天。有一次看久了，居然忘了回家的路。结果女孩迷路了，大人找了她好久，才找到她。

　　随着女孩的长大，她的向往具体起来，那就是她要找一个有别墅的对象。

　　但事与愿违，她喜欢的男孩并没有别墅。

　　女孩一开始就知道男孩没有别墅，但女孩爱他，并没离开他。男孩知道女孩的向往，他为此觉得很对女孩不起。有一天男孩买了一幢别墅送给女孩，当然，那是一幢积木别墅，塑料的积木，非常好看，女孩一看就喜欢。以后，女孩总像小孩子一样，趴在屋里搭着积木玩，那积木可以搭好多好多种别墅，每一种都好看。女孩每搭好一种，都高兴，仿佛她真的有了一幢别墅似的。一天男孩也来陪女孩玩，他们搭好一幢好看的别墅后，男孩很认真地看着女孩说，嫁给我吧，今后我一定让你住上这样好看的别墅。

　　女孩被男孩感动了，她答应了嫁给男孩。

　　但女孩并没有嫁给男孩。

　　是因为一个男人的出现，才使女孩改变了主意。

　　那是一个有钱的男人，他说他一看见女孩就喜欢上了女孩。女孩不喜欢他，一点儿也不喜欢，她拒绝了男人。但女孩越是拒绝，男人越是追着不放。一天男人又去找女孩，竟看见女孩一个人在家里搭积木。男人见了，冷笑一声，跟女孩说你怎么还玩小孩子的游戏。说着，男人把女孩拉走了。男人把女孩拉到一幢别墅前，这是一幢十分漂亮的别墅，像女孩小时候见过的一样。女孩眼里，立刻闪出光彩来。男人读出了女孩眼里的内容，他跟女孩说，嫁给我吧，你嫁给了我，这别墅的主人就是你了。说着，男人把一串钥匙往女孩手里放。

女孩竟把它接住了。

女孩很快和男人结了婚，当然，在结婚前，女孩和男孩作了了断，这了断也简单，就是把那个积木别墅还给了男孩。

但婚后，女孩发现她并不喜欢男人，和男人在一起生活了很久，女孩还觉得她和男人很陌生。那幢别墅也一样，住了许久，还是陌生得很，女孩总觉得那不是自己的房子。男人也不是真喜欢女孩，婚后不久，他对女孩的热情就消失了，继而对女孩很冷淡。没有爱情的生活是过不好的，两人后来总是吵架，扔东西，甚至大打出手。再后来，男人不愿吵了，他在外面跟别人好。女孩在得知男人另有所爱后，明白她又一次迷失了，像小时候一样，因为一幢别墅而迷失。

终于有一天，女孩和男人离了婚，那幢别墅没有留住女孩，她走了出来。

那男孩，还爱着女孩，女孩尽管嫁给了别人，但他对女孩的许诺并没改变，他一直在努力着。经过很多年的努力，他真的有了一幢别墅。

男孩在女孩离婚后去找她了。

男孩把女孩带到那幢别墅里，他跟女孩说只要女孩还爱他，她就可以留在这幢别墅里。女孩凄惨地一笑，跟男孩说我的爱已窒息在别墅里，我怎么还敢住在别墅里呢。

这幢别墅也没留住女孩，女孩走了。她从小就向往住进一幢漂亮的别墅里，她的向往实现过，但她并不觉得幸福。现在，她仍可以拥有一幢漂亮的别墅，她向往的东西仍可以唾手可得，但她没有接受，她接受的，是那个积木别墅，也就是说，她从男孩那里拿走了那个积木别墅。当有一天女孩认真地搭出了一幢漂亮的别墅后，她高兴了。

女孩最终让自己回到了向往中。

人还是在向往中更美好。女孩后来跟很多人说。

# 又一个拉拉

女人翻看好友拉拉的手机，看见短信里有一个人给拉拉发短信说，想你，拉拉回复说，我也想你。女人就问拉拉说，谁呀，想来想去的，肉麻。拉拉说，一个领导，老骚扰我。女人说，不是这么简单吧，"我也想你"，这是你发给人家的。拉拉说，逢场作戏嘛。女人有些忌妒拉拉，同时她也想傍一个领导，女人悄悄把那个领导的号码记住了。

离开拉拉后，女人也给那个领导发了一条短信：想你。

对方也就是那个领导回复：我也想你

女人：你真的会想我？

领导好像回过神来，回复：谁呀？

女人：你忘了我？

领导：真不知道你是谁？

女人：你外面女人太多了吧，你竟然就把我忘了。

领导：不好意思。

女人：既然忘了我，那就算了。

女人发了这条短信，没再发了。

但过了一会儿，那领导给女人又发来了短信：其实我并没忘记你，我只是觉得你号码陌生，你一定换了手机号吧？

女人：对，我这是新手机号。

领导：你谁呀？

女人：你猜猜？

领导：你是拉拉？

女人：不对。

领导：你是小异？

女人：不对。

领导：你是紫儿？

女人：不对

领导：你是小雪？

女人：不对。

领导：你是春芳？

女人：不对。

领导：你是杨雨？

女人：不对。

领导：你到底是谁呀，对了，你是欢欢，你一定是欢欢。

女人：怎么有这么多女人跟你好呀，难怪你不知道我是谁？

领导：吃醋啦？

女人：当然。

领导：不要吃醋，我对每个人都很好。

女人：就是对我不好，连我是谁都不知道。

领导：惭愧，要不我们见面吧，见了面我一定知道你是谁？

女人：就怕你见了我，也不知道我是谁，你外面的女人太多了。

领导：不可能。

女人：那我们就见吧，在哪见？

领导：我去开房，到时再发短信给你。

女人：你跟女人见面只知道开房吗？

领导：男人女人不就是那么回事，不在房间里解决难道在大街上解决。

女人：那好，我等你电话。

　　大概十几分钟后，领导打了女人的电话，告诉女人他在红楼大酒店303房。女人有心要傍领导，当然去了，但领导见了女人，仍不知道她是谁，领导说："我怎么觉得你很陌生？"

　　女人说："你跟的女人太多了，你见哪个女人都觉得眼生吧？"

领导：你是杨雨吧，有点儿像她。

女人：我才不是杨雨呢。

领导："你也有点儿像春芳。

女人：我不是春芳。

领导：你跟小雪也很像。

女人：谁是小雪呀？

领导：紫儿跟小异长得也有点儿像你。"

女人：她们哪有我好看。

领导：那是，她们没你好看，但你到底是谁呢?

女人：我是拉拉。

领导：不对，拉拉不是你这样子。

女人：你傻不傻呀，我们女人会化妆呀，还会整容，如果我们一成不变，你会喜欢吗?

领导：你很聪明，你变得更漂亮了。

水到渠成，女人和领导好上了，也就是说，女人想傍领导的想法实现了。

后来的一天，女人碰到了好友拉拉，女人看见拉拉愁眉苦脸，于是问拉拉说："你怎么啦?"

拉拉说："你还记得我跟你说过的那个领导吗，以前天天说想我，但最近不知发什么神经，居然说我不是拉拉。"

女人笑了。

# 你是苏秀秀

李刚有一个朋友，叫苏秀秀。从名字上看得出来，李刚是男的，苏秀秀是女的，但他们并不是那种男女关系的朋友，只是异性朋友。当然，是那种关系不错的异性朋友。很早的时候，李刚还骑摩托车，他见了苏秀秀，会立即把车停了，然后很高兴地说："苏秀秀，你去哪里呀？"

苏秀秀也很高兴的样子，说："你去哪呀，能顺路带我一程吗？"

李刚说："不顺路也带你去。"

说着话时，苏秀秀就上了李刚的摩托车。

李刚也会跟苏秀秀一起出去玩，有时候几个朋友一起去，有时候就李刚和苏秀秀两个人去。苏秀秀仍坐在李刚的摩托车上，风吹着苏秀秀，苏秀秀觉得很惬意，苏秀秀说："这风真舒服。"

李刚说："你说舒服，那我经常带你出来。"

说是这样说，但李刚并没有经常带苏秀秀出来。毕竟两个人都忙，见面的时候并不多。有一阵子，苏秀秀就有好久没见到李刚。有一天见到了，苏秀秀忽然看见李刚开着汽车。苏秀秀就大吃一惊子，苏秀秀说："李刚你都开汽车了呀？"

李刚说："这车好看吗？"

苏秀秀说："好看。"

李刚说："那上来呀，我带你兜风。"

苏秀秀就上了李刚的汽车，在车上，苏秀秀很兴奋，说："这车要好多钱吗？"

李刚说："很便宜的车，才五万多块。"

苏秀秀说："可是看起来蛮不错哩。"

李刚说："我也觉得还好。"

像以前骑摩托车一样，李刚碰到苏秀秀，也会大声喊着说："苏秀秀，你去哪你呀，我带你一程。"

苏秀秀说："好呀，如果你顺路就带我一程。"

李刚说："不顺路也要带你。"

说着，苏秀秀就上了李刚的车。

这后来的一年或两年，李刚又换了车。这天，李刚开车出去，忽然看到秀秀了，李刚便停了车，大声喊着苏秀秀说："苏秀秀，你去哪呀？"

苏秀秀就看见从车里走出来的李刚了，苏秀秀不认识车，但李刚的车变了她还是看得出来的，苏秀秀说："你换了车呀。"

李刚说："换了。"

苏秀秀说："这车很好看哩。"

李刚说："那当然，这是天籁。"

苏秀秀说："要多少钱？"

李刚说："20多万。"

苏秀秀有些吃惊，说："这么好的车呀。"

这天，李刚又带了苏秀秀一程，但在车上，苏秀秀有点儿不自在，说："我还没坐过这么好的车哩。"

李刚说："现在不就坐了吗。"

苏秀秀说："下次见到你，你会不会又换了宝马呀？"

李刚说："你也知道宝马呀？"

苏秀秀说："在汽车里面，我只认识宝马。"

苏秀秀预料的事，没过很久，大概是两三年后吧，李刚真实现了。就是说，李刚在两三年后，真换了一辆宝马。李刚这天把车停在一家超市门口，下车时，苏秀秀看见了李刚，李刚也是一眼就看见了苏秀秀，于是跟苏秀秀说："你看看这是什么车？"

苏秀秀说："你还真换了宝马呀？"

李刚说："你还真认得宝马。"

苏秀秀说："我只认得宝马。"

李刚说："上来吧，我带你一程。"

苏秀秀说："不了，我还有事。"

苏秀秀说着，走了。

这以后苏秀秀还见到过李刚几次，苏秀秀没叫李刚，她看看李刚的宝马车，又看看自己，忽然有些自惭形秽的感觉，苏秀秀竟不敢走过去。

后来好久，两个人都没碰到过，再碰到时，李刚看苏秀秀一眼，又看苏秀秀一眼，然后问着说："你是苏秀秀？"

苏秀秀也是看一眼李刚，又看一眼李刚，也说："你是李刚？"

说过，两个人再无话说，走了。

# 演　变

　　有那么一段时间，佟城流行过一种装扮。这装扮说起来很简单，就是一些女孩子喜欢在头上绾一块头巾。这装扮的流行，源于一个歌星。有那么一天，一个歌星到佟城演出，歌星当时还不是很出名，她在演唱会上总共唱了三支歌。唱三支歌换了三套衣服，但歌星头上，始终绾着一块头巾。其实，当时很少有人认真去注意歌星头上的头巾，歌星虽不怎么出名，但歌唱得非常好，她的歌声打动了所有的人。但有一个女孩，她注意到了歌星头上的头巾，她觉得歌星头上绾着的头巾非常好看，这女孩在看着歌星演唱时一直在想：明天，自己也去买一块头巾来，像歌星一样绾在头上。

　　这事做起来很容易，第二天，女孩真去买了一块头巾，然后对着镜子把头巾绾在头上。这是一个很漂亮的女孩，绾着头巾后女孩觉得自己更漂亮了。

　　女孩的感觉没错，女孩绾着头巾确实好看。她走在街上，街上人都觉得这个头上绾着一块头巾的女孩新颖别致。这样，女孩便是流动的风景，她走到哪里，都让别人眼睛一亮。

　　好看就会让人模仿，一些好看的女孩，也在头上绾一块头巾。不论是谁，头上绾着头巾都好看。别有一种情趣和韵味。这种打扮，后来得到了更多人的认可。于是，佟城有无数的女孩都喜欢这样打扮。大家都在头上绾一块头巾，那头巾五颜六色，把一条条街道点缀的多姿多彩。

　　毫无疑问，这种打扮成了佟城的时尚和主流。一段时间以来，街上的女孩头上几乎都绾着头巾。有那么一两个女孩没绾，便有熟人问着说："怎么不在头上围一块头巾？"

　　被问的人，就有些难为情了，没有跟上时尚，总是一件不好意思的事。

　　尽管每个女孩头上绾着头巾都好看，但最好看的，还是那个最早在头上绾着头巾的女孩。女孩绾着头巾微笑着走在街上，给人一种赏心悦目的感觉。

　　但有一天，有人发现了女孩的异样。

　　女孩头上仍绾着头巾，但女孩的神态跟以往不同了。女孩没笑，而是忧伤的一张脸。有人走近女孩，能听到女孩不停地说着什么。

女孩的神态让一街的人都诧异。

很快，有人打听清楚了，女孩失恋了。她和一个男孩恋爱了两年，但后来，男孩不再跟女孩继续下去了。女孩很爱很爱那男孩，失恋后便不能自主，总是一个人忧伤地走在街上，嘴里不停地说着什么。

女孩的情况后来更糟，开始在街上大叫大唱了，有时候还追着汽车跑或坐在地上捡地上的东西吃。

毫无疑问，女孩疯了。

疯了的女孩整个变了，一身肮脏，满脸乌黑，有人走近女孩，还可以闻到刺鼻的气味。

要说女孩身上没变的，就是头上缩着一块头巾。

一个疯子的装扮，别人是不会去学的，或者说别人不屑把自己打扮成一个疯子的样子，无数的人把头上的头巾扯了下来。没过多久，佟城的女孩再也不在头上缩着头巾了。偶尔有一两个人还缩着，她们走在街上，必定惹很多人看她。碰到熟人，必定问一句："你怎么还围这个？"

头上缩着头巾的人便问："怎么啦？"

"只有疯子才围这个。"

看得出来，佟城的女孩现在非常非常讨厌这种装扮了。

后来，佟城除了那个女孩，再没人在头上缩着头巾了。

这年秋天，那个歌星又到佟城来演出。经过几年的磨炼，歌星比以前出名多了，可以称得上是大牌明星了。她的到来，吸引了无数佟城人往佟城体育馆涌，大家都想目睹这位大牌明星的风采。在大家的期盼中，歌星出场了。但让佟城人没有料到的是，那歌星样样都变了，甚至人都整了容，不像以前那个歌星了。但歌星身上还有一点没变，那就是歌星居然还在头上缩着一块头巾。

歌星开始唱歌了，但佟城人怎么也找不到感觉。无数的人都觉得在台上唱着的人不是歌星，而是那个头上缩着头巾的女疯子。佟城人对女疯子完全不屑一顾，歌星唱着时，大家不停地起哄，声音把歌星的演唱完全淹没了。

这位歌星这天安排唱五首歌，但才唱完三首，就走了一半人，佟城人不屑看一个疯子演出。另一半人则不停地喊道："下去——快下去——"

歌星其实唱得很卖力，这种结果让她始料不及。

歌星哭了。

# 再　见

　　一直以来，刘东就觉得自己有个女朋友。这是个很清纯很甜美的女孩，像徐静蕾那样。徐静蕾是刘东心里的偶像，刘东看了《将爱情进行到底》后，就确定了他心目中女朋友的形象。跟刘东同样想法的还有杨西和沈南。杨西和沈南是刘东的朋友，他们三个都认为找女朋友就该找徐静蕾那样的。但说归说，做到就不容易。杨西找了个女朋友，长像十分一般，跟徐静蕾相去甚远。沈南也说他找的女朋友像徐静蕾，但他光说，没带来过。刘东估计他的女朋友肯定不像徐静蕾，如果像，他早就带来了。这两个人，从来都认为刘东没女朋友。为此，他们总说刘东没用。多说了几次，刘东急了，于是有一天他告诉他们自己有女朋友，还说他女朋友很像徐静蕾。两人根本不信，他们一起说，你是看我们找了女朋友急了，就编个人出来骗我们吧。刘东说，不骗你们，我真有个女朋友。两个人说哪天带来看看呀。话说到这里，刘东就不能推辞了，他答应了他们，哪天带女朋友给他们看看。

　　但真想把女朋友带出来时，刘东发觉没那么容易。到这时，刘东才发觉那个女朋友只是他心里的一个影子，并不是真实的人。不是一个真实的人，刘东就带不出来。那两个人，见刘东没动静，天天催，还冷嘲热讽。刘东是个爱面子的人，他觉得怎么都该找个人出来见见他们。

　　这天就找到了。

　　那是发廊里的一个女孩，刘东往门口走过，一眼就发现她很清纯很甜美，真有几分像徐静蕾。刘东看了看她，又抬头看了看，确定这里真是发廊时，他在心里跟自己说这么好的女孩，怎么会在这里混呢。

　　说过，刘东在心里决定了，就带这个女孩去见他们。

　　带一个发廊里的女孩出来，刘东还是有把握的。刘东给了她 150 块钱，女孩就出来了。当然，开始的时候，刘东并不打算给女孩 150 块钱，他觉得带个发廊的女孩出来，花 150 元不合算。但女孩坚持要 150。女孩说，你如果不出去，这 100 块钱做什么我都依你，但出去了，谁知道你在外面要浪费我多少时间，我跟人出去，从来都是150。刘东只好依女孩了，给了她150。把钱一给，女孩就跟了他往外走。

路上，刘东问了一句：

"你叫什么？"

"徐静蕾。"

"你叫徐静蕾？你怎么会叫徐静蕾？"

"别人说我长得像徐静蕾，都这么叫我。"

刘东约好杨西、沈南在红楼茶坊见，刘东先到，但等了好半天，两个人也没出现。正着急时，杨西的女朋友来了。这个女孩和徐静蕾的确相差很远，不仅形象不像，气质也不像。她说话大声大气，一上来就大着声音说杨西、沈南来不了了。又说杨西骑摩托带她和沈南，被交警卡了，两个人正在东奔西走找人把摩托拿出来。说着瞪了瞪刘东带来的女孩，跑走了。

刘东再和女孩坐那儿就没意思了，那女孩虽然像徐静蕾，但毕竟不是，她只是发廊里一个三陪女，刘东不想和她在一起。

刘东让女孩走了。

刘东后来也走了，走的时候很沮丧，觉得那150块钱花得太冤枉。

其实一点儿也不冤，他的目的达到了，杨西的女朋友帮他达到了目的。她过后见了杨西就说，那刘东找的女朋友还真像徐静蕾哩。见了沈南也这样说，弄得杨西、沈南见了刘东便眼红，说刘东傻人有傻福。

刘东说，我才不傻，是你们傻。当然，在心里说。

刘东、杨西、沈南三个，两个带了女朋友出来，只有沈南没带。这下，刘东和杨西要见沈南的女朋友了。沈南也说带给他们看，但就是没带来。两个人见他没带来，天天催，也冷嘲热讽。沈南脸上挂不住，有一天便答应带来。

也是约定在红楼茶坊见。

刘东和杨西准时去了，到了，看见沈南带着女朋友先来了。刘东远远地见了，心里不好受了，沈南真有女朋友了，只有他没有，他怎么会好受。

但近了，沈南一下子高兴起来了。

他看见那女孩是谁了，正是那天他带来的发廊里的那个徐静蕾。

# 物质时代的爱情

女人只能算得上他的相好，他对相好有着很清晰的界定，就是比朋友要好，但又不是情人。他和女人，就属于这种状态。他和女人在一起时，会拉拉手，甚至也会象征性地抱一抱，但还没有实质性的进展，比如他的手，还不能像鱼一样，在女人身上游走。他很想让自己的手变成一条鱼，但女人，还没有把自己化成水，他的手即使是一条鱼，也潜不进去。

但这天，事情来得有些突然。

女人打来电话，说，在做什么呢？他说，在想你呀！女人说，花言巧语，想我怎么不打我的电话。他说，怕骚扰你。女人说，欢迎骚扰。女人这样说，他就想见女人了。他说，出来嘛，天气很好，我们去哪儿兜兜。女人积极响应，说，好呀，我正烦着哩。他说，我马上到。确实，他马上就到了。离得不远，他又有车，几分钟内，他就把女人接到了车上。

在车上时，两个人还矜持着，他只碰了碰女人的手。但后来，他就把车开上了一条新铺的但又还没有通车的路上。在这儿，他让女人开了开车，自动挡的车，女人一上车就能开，开得女人心花怒放。看见女人高兴，他就说："看见你开心，我也开心。"

女人说："要是我不开心呢？"

他说："你不开心，我就难过。"

女人说："我现在就不开心。"

他说："那我现在就难过。"

他以为女人真的不开心，心里惶惶的还真有些难过的样子。女人见了，便说："逗你的，我很开心。"说着，女人笑了起来。他在女人笑着时，把手放在了女人肩上。以往，他也这样过，但女人总把他的手推开。这回，女人没有反应。见女人没有反应，他胆就大了，顺势而下，把手托在女人腰上。女人真的是高兴或者开心，仍无动于衷。他胆更大了，手一转，塞进了女人的衣服里。女人依然没什么反应，他的手就活起来，真的是一条鱼了。而女人，一下子就变成水了，让一条鱼上上下下自在地游走。很快，两个人移到了后座。在这儿，他想了一千遍一百遍的事，一下子就做成了。当然，女人也推开过他，说不要。但女人显得那样无力，他几乎没受到什么阻碍，就如愿以偿了。

两个人坐起来时，女人忽然抽泣起来。女人这一哭，他就像个做了错事的孩子，他小心着说："你哭做什么？"

女人不睬他，哭着。

他检讨起自己来，他说："是我不好。"

女人只哭着。

他又说："我对不起你。"

女人仍哭。

他说："我该死，你要打要骂都可以，但你别哭呀？"

女人仍哭着，但说话了，女人说："我不怪你，我只怪我自己。"

他说："不怪你，怪我。"

女人又说："我觉得对不起丈夫，也对不起孩子，我没脸见他们了。"

他说："别想那么多，一切都是我不好，看见你这样，我真的好难过。"

他真的是好难过，无所适从的样子。

女人当然看在眼里，女人后来抹了抹眼睛，跟他说："送我回去。"

他立即到前面发动了汽车，但他没送女人回去，而是把车开到一家专卖店门口，他跟女人说："我想给你买一件衣服。"

女人已经不抽泣了，但女人也没回答他。他不管女人，下车走进了专卖店。女人在他走进店时也下车了，女人说："这里的衣服很贵。"

他说："不贵的地方我才不带你来哩。"

女人忽地笑了。

很快，他给女人买了一件衣服，2000多块。出来时，他又带女人到隔壁，这里是老庙黄金店，他跟女人说："我给你买一只手镯吧？"

女人说："不好意思。"

他说："我们都这样了，还客气什么？"

很快，手镯买好了，一万多块钱。买好，他才送女人回家。到女人家门口了，他让女人下车。女人下了车，没立即走，而是跟他说："上去坐一下吧？"

他说："怎么敢呢，你老公见了我，还不把我吃了？"

女人说："你傻不傻呀，他在家，我敢带你上去？"

他听了，就欢天喜地跟了女人上去。

才进去，女人就扑在他怀里，然后说："你真好！"

# 盲 音

　　小玉有老公，但她却瞒着老公在外面跟一个男人好。这男人是一个小包工头，赚到几个钱。小玉有一个闺中密友，叫李亚苹。这李亚苹外面也有情人，她有什么事，也会告诉小玉。小玉跟小包工头好上了，当然会告诉李亚苹，不仅告诉她，有一天还把那个小包工头带去见了李亚苹。李亚苹对小包工头很反感，觉得小包工头素质特别低。过后，李亚苹找到小玉，李亚苹说："你找什么人不可以，要找这样一个小包工头？"

　　小玉说："他有哪儿不好？"

　　李亚苹说："这人素质特别低。"

　　小玉说："不会呀，我觉得她蛮好的。"

　　李亚苹说："你赶紧跟他断掉，不然，到时候会出事。"

　　小玉听不进去，小玉说："会出事，出什么事，你外面有人怎么不出事？"

　　李亚苹说："他们是两个完全不同的人。"

　　小玉说："我不觉得没有什么不同，是你对他有成见。"

　　这次的谈话就这样不了了之，李亚苹的眼光真准，那小包工头真的素质差，他跟小玉在一起，哪怕小玉跟别的男人多说几句话，他都会吃醋，都会拿眼睛瞪小玉。小玉的手机，他每天都要查几遍，看小玉都跟什么人打电话。小玉当然不把手机给小包工头看，小包工头就抢。一次小包工头又抢到小玉的手机并且看到上面有一个陌生的号码，小包工头就问小玉那号码是谁的。小玉不说，小包工头居然动手打了小玉，拳打脚踢，打得小玉身上青一块紫一块。小玉挨了打，无处诉说，只好跟李亚苹说。李亚苹听了，态度很坚决地说："你必须跟他断了，不然，到时还会出更大的事。"

　　小玉说："我真的觉得他对我好，他这样做，只是对爱的表达方式不同而已。"

　　李亚苹说："执迷不悟。"

　　小玉说："你知道的，我老公不会赚钱，而我又大手大脚惯了，我真的要找一个男人依靠。"

李亚苹说："你在外面找什么男人，也不能找这个小包工头，要找一个素质高的，素质是男人的第一要素。"

小玉说："我会记住你的话的。"

这样的谈话两人还进行过多次，李亚苹真的对小玉很好，她怕小玉出事，不仅反复跟小玉说一些道理，后来还把她说的那些道理写在纸上，把那张纸给小玉时李亚苹说："这是婚外情的七条游戏规则，你每天看一遍，你就不会出事。"

小玉说："这样神奇呀？"

李亚苹说："看了就知道。"

小玉就看起来：

婚外情的七条游戏规则：

1. 一个女人要选择什么样的生活，别人没法干涉也无权干涉。但你选择的生活必须不要让自己受到伤害，更不能让家人受到伤害。简单地说，就是不能出状况。

2. 一个女人想跟男人好没错，但如果跟错了人，就大错特错了。这样的错误有时候根本无法挽回。为此，看准男人或跟对一个男人比什么都重要。

3. 女人喜欢钱或用男人的钱也没错，但要看这钱拿得拿不得，拿不得的，哪怕是金山银山也不能动，否则，要付出巨大的代价，这代价也许是生命。

4. 衡量一个男人素质的高低有一个最简单的方法，这就是看这个男人有了情人之后的做派。素质低的男人喜欢把情人到处带，巴不得全世界的人都知道他有情人。这叫炫耀。素质高的男人只在暗中悄悄和情人好，享受生活，不会让任何人知道。这叫低调。一个女人做别人的情人还是低调一点好，不要让很多从知道，保持距离、若即若离，这样才能长久。

5. 女人最好不要跟身边的人做情人，这身边的人包括同事、好朋友、亲戚，因为情人很难长久，一旦分手，连同事，朋友和亲戚都做不了。不仅如此，一旦闹翻，身边的人都会知道，这样，女人很难做人。

6. 不要将简单的事情复杂化，而应将复杂的事情简单化。这世上的情人99%是需要，男人需要女人的身体，女人需要男人的钱。情人之间开诚布公坦诚一点，其实是一种更真诚的表现。彼此之间不装不做，不要花招，不要心计，只做到承诺。承诺做到了，什么状况也不会发生。反之，彼此之间虚情假意，谈假情说假爱，你干涉他他干涉你，就会酿出数不清的故事，彼此纠结，让自己或自己的家人受到伤害。

7. 人不怕犯错，问题是犯了错要改。女人要拿得起放得下，该放手的时候坚决放手，决不拖泥带水。能做到这一点，这个女人的生活还会一天一天好起来。

小玉看过，大为赞同，小玉说："都是你的经验之谈吧？"

李亚苹说："你照着做吧，保证不会出状况。"

小玉说："小妹遵旨。"

小玉过后按照李亚苹的七条游戏规则去做，果然没出状况。但让小玉没有想到的是，这天小玉接到李亚苹打来的电话，李亚苹在电话里急促地说："我出事了，你快来。"

小玉说："你在哪里？"

一个男人接了腔，显然，这是李亚苹的情人，李亚苹的情人粗暴地说："想甩掉我，门都没有，看我怎么弄死她。"

接下来手机断了，任小玉怎么叫，也只能听见一串忙音……

# 又见张燕

才住进来，就有人敲门。把门打开，看见了一个女孩。女孩看着我，很大胆地说："先生，需要服务吗？"

哪个男人都有需要，但我不敢，我说："不要。"

说着，我要关门，但女孩挡着，女孩说："先生，我很漂亮的，所有的人都说我很漂亮，你难道不会动心吗？"

的确，女孩很漂亮，甚至可以说非常漂亮。面对这样的女孩，想不动心都不行。女孩在我犹豫的时候，用力推了推门，侧身进来了。

我随后知道，这个女孩叫张燕，只有十八岁，是个农村女孩，家在离我们侈城很远的一个叫黎圩的小村里。这些，都是女孩告诉我的。但我觉得，女孩说的这些，只有年龄可能是真的，其他可能都是假的。很多女孩出来都会叫一个假名，比如芳芳、园园、洋洋、燕子、陈红、李芹、小林等等。发廊里的小姐，大都叫这些名字。你问她什么地方的人，她也会告诉你，但那同样是她们随便捏造的一个地方。可这个叫张燕的女孩，她说她没骗我。她说她真的叫张燕，家在一个叫黎圩的地方。

面对女孩，我再一次感觉到这个叫张燕的女孩漂亮，而且模样清纯，根本不像做小姐的人。我于是问起女孩来，我说："你进城做什么不好，要做小姐？"

女孩说："你说我应该做什么？"

我说："你这么漂亮，做什么人家都会要你。"

女孩说："但我觉得做什么都没有做小姐合适。"

我说："为什么？"

女孩说："这还不明白，我漂亮呀。"

我说："你心里难道就没有一点点难受吗，毕竟，小姐让人看不起。"

女孩这回叹了一声，说："你如果出生在我们乡下，穷怕了，你就会明白我为什么会出来做小姐。"

便轮着我叹气了。

这个叫张燕的女孩我后来一直记着。一个漂亮的女孩，模样清纯，她不像小姐，但千真万确她又是小姐。这样的女孩，怎么不会让人记着。

大约半年后，我单位派我下去扶贫。我去的地方，居然就叫黎圩村。我不知道这个黎圩是不是张燕说的那个村。但这个村确实穷，村长陪我在村里转，我看见村里很多屋子还是那种泥巴墙，屋顶盖的是稻草，一些倒篱烂壁的屋子里还住着人。当然，村里也有几幢漂亮的房子，像别墅一样好看。在一幢很漂亮的三层楼房跟前，我停住了，我看着村长说："村里也有不少富人嘛。"

村长说："当然有。"

我说："他们是怎么致富的，要推广他们的经验，让他们带动大家致富。"

村长说话的声音忽然小了起来，村长说："这几家的女儿都在外面做小姐，这是公开的秘密，你说，这经验能推广吗？"

我无话好说了。

我到黎圩的第三天，村里一个女人上吊了。幸好有人及时发现，这人大呼小叫，便引来了很多人。我也去了，在女人家里，有人告诉我，说女人的丈夫喜欢赌博，昨天偷了女人200块钱去赌，全输了。这200块钱是女人准备给儿子交学费的。女人没了钱，一气之下上了吊。幸好发现及时，女人被救活了。

村里的女人，在女人醒过来后都埋厌女人，我听到一个女人说："张燕呀，你怎么这么想不开呀，不就是200块钱吗？"

我听了，小声问着边上一个人，我说："这女人叫张燕？"

边上的人说："不错，她叫张燕。"

我又见到张燕了。

不过，这是又一个张燕。

# 外 遇

离我家不远有一家发廊，我每天从门口走过，都有小姐向我招手，还喊："先生，进来按摩吧。"我一般不在离家很近的地方按摩，怕熟人看见。但有一天我还是进去了，原因是这天向我招手的小姐很好看，清秀文静的样子，有一种纯朴自然的美。在发廊，个个小姐都涂脂抹粉，弄得面目全非不像个人样。这样清纯的小姐很难找了。为此，她一招手，我就进去了。

跟这个小姐在一起我很积极主动，一关上门，我就把她按倒。发廊里的小姐，就喜欢这样，这个小姐也不例外，她一点儿也不生气，只盈盈地笑着，但嘴里却说："放开我。"

我说："就不，谁叫你长得这么漂亮呢。"

小姐说："你这人是个土匪呢。"

我说："哪有这么好的土匪，既让你舒服，又给你钱？"

小姐笑了。

我后来经常去找这个小姐，每次我都很积极主动。小姐也每次都要叫一句说："放开我。"

我说："就不，谁叫你长得这么漂亮呢。"

小姐仍说："你这人是个土匪呢。"

我说："哪有这么好的土匪，既让你舒服，又给你钱？"

然后我们一起笑着。

当然，也有很多时候我不会进去，我不可能每次都往里面去。我忙的时候就不会进去，这时我会跟小姐笑一笑，小姐也笑，有时候还友好地挥挥手。

有一天又从发廊门口走过，却没看到小姐。以往，也经常没见到她。我有兴趣地话，就会问一声，说李小姐呢。也不等他们回答，就从发廊门口走过了。这天，我没问，我骑着一辆摩托，倏地从发廊门口开过了。

我喜欢骑摩托去乡下玩。

让我没想到的是，在乡下，我看到了那个小姐。

确切地说，我是在一户人家里看见小姐的。我当时口渴，停了摩托去一户人家找水喝。进去后，我忽然看见那个小姐了。开始，我觉得不会这么巧，怎么会在这儿看见那个小姐呢，这只是一个看着像小姐的女人。但认真看了看，觉得她真是那个小姐，清秀文静的样子，有一种纯朴自然的美。在乡下，小姐的这种纯朴自然愈发地显露出来，让我觉得更好看。我十分惊喜，笑着跟她说："真巧呀，我竟然到你家里来了。"

小姐说："你认识我？"

我说："你真会装憨，装着陌生人一样？"

小姐说："你是？"

我没跟她继续下去，只问："今天怎么回来了？"

小姐说："有事。"

我说："难怪我在那儿没见到我，你回来了。"

说着，我向小姐讨水喝，小姐带我去厨房，并倒了水给我。我喝过水，又像在发廊里那样积极主动了，一下子按倒她。

小姐像以前一样叫着说："放开我。"

我说："就不，谁叫你长得这么漂亮呢。"

小姐这回没像以前一样说了，她说："你放不放，不放我叫人了。"

我也不能像以前一样说了，我说："你叫吧，叫来了人，别人问我为什么按着你，我就说我以前在发廊经常这样按着你。"

小姐突然说："你把我当成什么人了，你把我当成发廊的小姐呀？"

我说："你不是吗，装得还蛮纯情的样子。"

小姐说："你放开我，不然我真的叫人了。"

我说："你叫呀，你要让大家都知道你是发廊的小姐吗？"

小姐忽然不做声了。

一切又像在发廊里一样，我在小姐的厨房里跟她随心所欲起来。最后，当我从小姐身上爬起来时，小姐又重复了以前的话，小姐说："你这人是个土匪。"

我说："哪有我这样的土匪，既让你舒服，又给你钱。"

说着，我把一张钱放在厨房的桌子上。

然后我骑着摩托走了。

大概一个多小时后我骑了摩托从乡下回来了，路过发廊时，我忽然看见小姐又坐在门口。我有些吃惊，她怎么这么快就回来了呢，比我骑摩托还快。小姐也见了我，她仍跟我招手。我急忙停车，然后走到小姐跟前，问她说：

"你怎么这么快就回来了?"

小姐说:"你说什么呀,我从哪里回来?"

我说:"从乡下呀,我刚在乡下看见你。"

小姐忽然笑起来,还跟坐在她身边的人说:"他说在乡下看见我,你们说,我哪里出去过。"

边上的人附和说:"你认错人了,人家根本没出去。"

我就迷糊了,那个乡下女子不是小姐吗,但在她家里,她跟了我呀,她不是小姐,怎么会跟我呢?

这事,我怎么也想不明白。

我后来还想去会那个乡下女子,但去了好几次,连那个地方都找不到。

# 恋 爱

平25岁一过，他大人便天天唠叨，大人总跟平说："你25了，不小了。"还说："你该找个女朋友了。"平有一天烦了，回答说："我有女朋友了。"平说着，走出门去。大人见了，又说："你去哪？"平回答说："去看女朋友呀。"

说完，平走了。

很快，平来到一家小书店。这小书店是一个女孩开的，平经常到这儿来，有时候买书，有时候看书。有一天，平忽然冒出一个古怪的想法来，觉得女孩就是他女朋友。其实，平跟女孩并没说过几句话，他甚至连女孩叫什么也不知道，但平千真万确是那么想的，觉得女孩是他的女朋友。有了这个想法后，平才会在大人唠叨时告诉大人，说他有女朋友了。说过，平真来到了女孩的书店，看女朋友来了。

女孩见平来了，笑了笑，但仅此而已。平也跟女孩笑笑，笑过，他找了一本书看起来。看了好一会儿，他走了，走的时候会跟女孩说我走了。女孩还那样笑笑，看着他走出去。

有好一阵子，平跟女孩维持在这种关系上，并没什么实质性进展。以这种关系而言，女孩根本算不上他的女朋友。但平还是固执地认为女孩是他的女朋友。而且，有时候他还会莫名其妙地想着女孩。想着女孩的时候，他就会过来。女孩还是笑笑。但他觉得这就够了，平只是想来看看女孩，看到了，当然够了。

他这里没有进展，大人又开始唠叨了。大人现在不说他25不小了，也不说他该找女朋友了。平是个从不说谎的人，大人相信平有了女朋友。大人现在总跟平说："哪天把你女朋友带家里来呀？"平听了，多半不做声。但有一天平开口了，平回答说："好吧，哪天我把女朋友带来。"平说着，又出门了。大人见了，仍说："你去哪？"平回答说："去看女朋友呀。"

平又去了女孩的书店。女孩还是笑笑。他也笑，笑过，他坐下来看书。现在他和女孩还局限于这种关系上，这真的算不上恋爱关系。也就是说，女孩根本算不上他的女朋友。但他是个固执的人，他硬是觉得女孩是他的女朋友。至于如何深入下去，把女朋友带回家让大人见面，他根本就没去考虑。

大人一直没见着平的女朋友，就着急了。平有一天出去，大人又问，平去哪？平仍说，去看女朋友呀。平说着出门了。大人这回想看看平的女朋友，便跟在平身后。当平走进女孩店里时，大人看见女孩看着平笑。平呢，也看着女孩笑。大人对这个女孩非常满意，于是，在后来的一天，当平依然没把女孩带来时，大人竟去女孩书店找了女孩，大人满脸微笑地看着女孩，还说："我是平儿他娘呀。"

女孩一脸茫然，她不知道眼前这个老太在说什么。

大人又说："闺女，有空跟平儿到家里来玩呀？"

女孩仍然茫然着。

大人回来后把这事告诉了平，大人说："我去找那女孩了，我叫她到家里来玩。"

平也有些茫然，说："哪个女孩？"

大人说："书店里那个女孩，我已去见了她了。"

大人又说："多好的一个女孩呀，你一定要把她带来。"

平就听傻了，不知道事情怎么会变成这样。

过后有好多天，平没去女孩那儿，不敢去。但一个星期后，平还是鼓足勇气走进了女孩书店。女孩见了平，仍笑。平也笑，但这次平笑过后没去看书，平站在了女孩跟前，然后开口跟女孩说："我母亲有一次来看了你，并叫你到我家去玩，是吗？"

平这样说，女孩就明白怎么回事了，女孩说："上次那个老太是你母亲吗？我当时都不知道她在说什么。"

平说："我告诉你吧，一直以来，从见到你开始，我就觉得你是我女朋友，所以大人问我有没有女朋友时，我便告诉我有女朋友。"

女孩说："有这样的事，你一直觉得我是你女朋友？你怎么会有这种感觉呢？"

平说："我也不知道，反正我一直觉得你是我女朋友，尽管我们并没说上几句话，甚至我连你叫什么都不知道，但我就是这种感觉。"

女孩说："这太奇怪了。"

平说："我也觉得奇怪，我现在想跟你说，你就做我的女朋友吧？"

女孩好久没说话，但后来还是说话了，女孩说："让我想想。"

谁都知道结局会很美好，几天后，平便把女孩带回了家。才进门，平便跟大人说："妈，我把女朋友带来了。"

# 钥　匙

平看见地上有一枚钥匙。

平弯腰捡了起来。

平喜欢收藏钥匙。

有好长一段时间了，大概有两三年吧，平一看见地上的钥匙，就会捡起来。这样日积月累，平就有了很多钥匙，这些钥匙放在一只铝饭盒里，都有满满的一盒了。平有空的时候，会把铝饭盒里的钥匙倒出来，然后饶有兴致地欣赏着。平的妻子不以为然，在平欣赏着钥匙时撇着嘴说："你收集这么多钥匙，想去做小偷呀。"

女人无心的一句话，还真说准了。

平其实不是个小偷，平是机关的干部，但因为那些钥匙，平还真去开了一回别人的门，体验了一回做小偷的感觉。当然，开始的时候，平没去开别人的门，他只是像以往一样，把饭盒里的钥匙倒出来，慢慢地欣赏着。后来，一个念头就冒了出来，平想这么多钥匙，有没有哪一把能把自己的房门打开呢。这个念头一产生，平便实践起来。平当时在客厅里，卧室的门关着，平端了铝饭盒，站在卧室的门边试起来，平一枚一枚钥匙塞进锁孔里试着。大概试了二十几枚，卧室的门被打开了。平这时高兴了，又去开书房的门。书房的门本来是开着的，平"砰——"一声把门关了，然后又一把一把把钥匙往锁孔里塞，也塞了十几二十把，门又打开了。到这时，平便上了瘾一样，他端着铝饭盒从家里走了出来，还那样怦一声把门关了，然后一枚一枚钥匙试着开自己家的门，这是一扇防盗门，难开些，但最终，当平把铝饭盒里的钥匙试了一半时，门也开了。

几扇门都开了，平家里没门让他试了。

平于是看了看对面那扇门。

那时候平的妻子不在家，而对面，平知道主人也不在家。对面的男主人在市政府驻外办事处工作，长驻西安，一个月两个月甚至三个月都难得回家一次。对面的女主人则和平一样，是机关干部。两户人家相处得很好，因为男人不经常在家，对面的女人有什么重活，会喊平帮她一下，比如搬搬煤气瓶什么的。现在，平瞅了一眼对面的房门，就想把那扇门也打开。有了这个想法，平就敢去试，他知道对面的女人上班去了，而对面的男人远在西安。平知道就是在对面闹翻了天，也没人会知道。

平真去试了，平端着那个铝饭盒，一枚一枚钥匙往锁孔里塞。平这里是顶层，除了妻子和对面的女人回家，平不担心有人上来。果然没人上来，平慢慢试着，差不多也把饭盒里的钥匙试了一半时，女人家的门又被他打开了。

平迅速走了进去。

平进去后把门关了，然后这里坐坐那里看看，还打开冰箱喝了一瓶果汁。平一向对女人有好感，看见女人卧室的门没关，他也闪了进去，想到那个如花似玉的女人就睡在那张床上，平就有些心猿意马了，平也在床上躺了躺，并想像那个女人就在身边。

后来还有几次，平也去了女人房里。

一天下午，平又进去了，这次女人在房里。女人本来上班去了，但单位无事，女人又回来了。这是个大热天，天热的要命，女人回来后冲了个澡，然后光着上身躺在床上。平进去后又往女人的卧室去，平喜欢在女人的床上躺着。但一闪到卧室的门边。平便看到了女人了。而此时，女人也看到了一个人。女人开始惊叫了一声，等看清是平，女人不那么惊慌了，女人说："吓死我了，你怎么进来的？"

平立即撒了个谎，平说："你没关门，我怕有小偷进来，才过来看一下。"

女人说："现在你可以出去了。"

平是个贼大胆的人，平说："你那么好看，我怎么舍得出去。"

女人说："你老婆还不一样。"

平说："差远了，我老婆怎么比得上你。"

女人说："你们男人怎么像一个模子里倒出来的，都认为老婆是别人的好。"

平说："事实吗。"

平说着，走过去拥着女人，女人笑笑的样子，跟平说："关了门没有？"

平说："关了。"

这是一次良好的开端，过后，平经常到女人屋里去。有时候，是女人留好门，有时候是平用钥匙把女人的门打开。一次平开着女人的门时，平的妻子回来了，妻子很吃惊，盯着平问："你怎么开人家的门？"

平又撒谎了，平说："女人的钥匙丢了，我钥匙多，她让我帮她把门打开。"

这话勉强能自圆其说，但女人还是狐疑地看了平一眼。

这后来的一天，平和女人在屋里快活，女人的丈夫回来了。这个男人身上没有钥匙，他一下车，就往女人单位打电话。但单位的人告诉他，女人开会去了。男人又打女人的手机，也没打通，女人关机了。这样，男人到了门外便进不去了，只在门外等。平的妻子在男人等着时回来了，见男人站在门口，女人说："怎么不进去呀？"

男人说："身上没钥匙。"

男人说着时，平的妻子开门进屋了，但她很快又出来了，她手里拿着那个铝饭盒，跟男人说："我家男人平时就喜欢收集个钥匙，你试试，看这些钥匙里有哪把开得了你的门。"

男人觉得这是个好办法，立即动起手来。

男人把门打开，平和女人也没察觉，两个人还在床上滚着。男人还是蛮有修养的，他没有发作，只过来跟平的妻子说："你去我屋里看看他们在做什么。"

女人便过去了。

这事的结果是，平很快和女人结了婚，而平的妻子，则和男人结了婚。

平的妻子，不，现在应该叫平的原妻了，她结婚后做的第一件事就是把那个铝饭盒扔了。

# 分 手

他喜欢上了一个女孩，尽管他跟女孩不熟，但他还是觉得自己很喜欢那个女孩。每次看见女孩，他都跟自己说大胆走近他，跟她好。一天他真的走近了女孩，但却毫无结果，女孩身边已经走了个男孩，也就是说，另一个男孩先他一步跟女孩好上了。

他很失望。

他失望的时候或者说他觉得不如意的时候，总会跟一个朋友打电话，在电话里向朋友倾诉或讨教一些问题。这回，他又习惯性地把电话打了过去。朋友接到了他的电话，这是个女的，他其实没跟她见过面。有一次他拨错了电话，她接到了。他觉得她的声音柔柔的，很好听。后来他又拨了她的电话，多拨了几次，他们就熟起来，他把她当朋友了，什么话都跟她说。这次，也有话说，他在电话通了后跟她说："有一个问题想讨教你，我喜欢上了一个女孩，可她已经有了男朋友，你说我该怎么办?"

她说："决不放弃。"

他没做声，等着她往下说。

她果然继续了下去，她说："你去找女孩，开诚布公地告诉她你喜欢她，女孩会选择你也有可能。"

他听从了她的劝说，去找了女孩。但结果却没像她预料的那样，他告诉了女孩他喜欢她，但女孩没选择他。

他又打了她的电话，把结果告诉了她。她沉默了一会儿，跟他说："看来你得用些手段了。"

他问："用什么手段。"

她说："你可以去打听和了解他们的一些情况，看看他们有什么劣迹，比如男的在外面吃喝嫖赌或女的作风不好等问题，如果有，就告诉对方，让他们产生矛盾，然后你乘隙而入。"

他又听从了，去打听和了解他们的情况。结果也让他失望，他没打听到什么，也就是说，男孩女孩没什么问题，他无机可乘。

他又打了她的电话。

把结果告诉她后，她又沉默了一会儿，然后跟她说："既然这样，你就无中生有，给他们捏造一些问题，从而达到离间他们的目的，最终让他们分手，你再乘机而上。"

他说："这样做是不是太卑鄙下流了？"

她说："你要想得到女孩，就得这样，不用些下流的手段，女孩怎么跟你。"

他说："说得倒有道理，我按你的话去做，不过吗……"他顿住了。

他说："不过什么？"

他说："你找了男朋友吗，如果找了，你千万莫让他知道你会出这些下流的主意，不然，你男朋友会被你吓跑的。"

她说："你还是想想你自己吧，你要认真操作好，不然，你尽管让他们分了手，但女孩知道你这样卑鄙下流，她也不会接受你。"

他说："这倒也是。"

随后，他就按她的主意去做，他捏造了男孩很多劣迹，然后想方设法去告诉女孩。这一招果然有效，女孩很快和男孩分了手。当然，什么事写起来容易，做起来难，他在操作时也是经过千辛万苦的。但再难，他还是达到了目的。他在女孩和男孩分了手后乘机而上，表白他是多么地爱女孩，女孩被他感动了，接受了他。

这后来的一天，他又跟她打了电话，他说："我终于跟女孩好上了，多亏了你的好主意，谢谢你。"

她说："不要谢我，这是你的本事。"

他又说："真的要谢谢你，而且不能光谢在嘴上，我想请你吃顿饭，再说我们在电话里都通了好几年的话了，我们也该见个面。"

她说："那我们就见个面吧。"

一定有读者朋友猜到了，她其实就是跟他好上的那个女孩。不错，她和那个跟他好上的女孩真的是一个人。读者对这样的结局一定不会满意，但我没有办法改变它，因为这是一个真实的故事。

最后要交代的是，他后来跟那个女孩或者说跟她分手了；反过来说，那个女孩或者说她跟他分手了。连电话，他们也没再打过。

# 姐　妹

何娟打电话给杨雨，何娟说出来聚一聚吧。何娟又打电话给萱萱，也说出来聚一聚吧。何娟还打电话给黄姗，仍说出来聚一聚吧。很快，杨雨、萱萱、黄姗坐在一起了。几个人是好姐妹，经常会聚一聚。这次有些时日没聚了，见面时何娟说："这次好久没见了，我很想你们。"

杨雨说："我也想你们。"

萱萱说："我早就想跟你们打电话。"

黄姗说："没见到你们心里空空的，见到了，心里才踏实。"

几个人确实是很好的姐妹，总在一起。有时候在一起吃饭，有时候在一起喝茶。这天在一起喝茶时黄姗说："现在真的有好多人做别人的情人，我一个熟人就跟一个老板好上了。"

何娟说："我最看不起一个女人靠男人吃饭。"

杨雨说："我也看不起那种女人。"

萱萱说："那种女人都是好吃懒做的人。"

说是这样说，但没隔多久，萱萱也跟一个男人好上了，那男人有老婆，但有钱，而且舍得在萱萱身上花钱。萱萱喜欢钱，便跟了男人。这事何娟知道了，何娟有一天又打杨雨的电话，说出来聚一聚吧。又打黄姗的电话，也说出来聚一聚吧。很快，几个人就坐在一起了，但杨雨和黄姗没看到萱萱，于是就问着何娟说："萱萱呢?"

何娟说："我不想叫她。"

杨雨、黄姗说："为什么?"

何娟说："萱萱做了人家的小三。"

杨雨、黄姗有些吃惊，都说："不可能吧，前不久她还说最讨厌那种好吃懒做的女人哩。"

何娟说："千真万确，那男的有些钱，拿一些钱就把萱萱打倒了。"

杨雨、黄姗说："没想到萱萱是这样的人。"

何娟说:"我们都是有老公有孩子的人,我们要对家庭负责,不能做这样的事,你们说是吗,所以萱萱这样的人我们不能再跟她在一起了。"

杨雨、黄姗说:"不错,我们不能做这样的事,以后我们出来别叫她了。"

何娟说:"她也没脸来见我们。"

这话说过不久,黄姗也找了情人。这回是杨雨知道这事,杨雨有 天打何娟的电话说:"我们出来见一面吧?"

很快,何娟就和杨雨坐在一起了,看见只有她们两个人,何娟说:"黄姗呢,你没叫她?"

杨雨说:"我不想叫她。"

何娟说:"为什么?"

杨雨说:"黄姗也做了人家的小三。"

何娟很吃惊,说:"跟了一个什么样的男人?"

杨雨说:"一个有钱的男人呗。"

何娟说:"没想到,黄姗也会做这样的事。"

杨雨说:"我看不起她。"

何娟说:"我也看不起她。"

这话说过不久,那个说看不起黄姗的杨雨也跟了一个男人。这回是何娟亲眼所见。何娟看不起这样的女人,何娟再没联系杨雨,当然也没联系萱萱和黄姗。何娟有一天一个人呆呆地在茶楼坐了半天,然后自言自语跟自己说:"这世界怎么会变成这样?"

让何娟自己也没想到的是,有一天,她也跟一个男人好上了,也就是说,有一个有钱的男人对她好,她也做了人家的情人。

几个人好久都没联系,但有一天,萱萱打了何娟的电话,萱萱说出来聚一聚吧。萱萱又打电话给杨雨,也说出来聚一聚吧。萱萱还打电话给黄姗,仍说出来聚一聚吧。很快,萱萱、何娟、杨雨、黄姗坐在一起了,萱萱说:"这次好久没见了,我很想你们。"

何娟说:"我也想你们。"

杨雨说:"我早就想跟你们打电话。"

黄姗说:"没见到你们心里空空的,见到了,心里才踏实。"

几个人又是好姐妹了。

# 衣 服

单位里有两个女人，都很漂亮，衣服也穿的很有个性。其中一个叫小苹的女人，喜欢穿那种圆点花的衣服，比如白底蓝花，蓝底黄花或红底紫花，绿底红花，等等。不管什么颜色，那花纹，都是圆点，大一些的圆，小一些的圆，反正，小苹身上的衣服从来都是圆点花。另一个女人，叫小荷，不喜欢圆点花，她喜欢有形状的花纹，比如五角形，三角形，菱形，方块形，长方形，反正她穿的衣服不管是白底蓝花，黑底白花，红底黄花，那花纹，从来都是有形有状有棱有角的。

这两个女人在一个办公室，关系蛮好，但就是不欣赏对方的穿着。一天小苹穿了一件紫色底子暴白色小圆点花的衬衫，小荷则穿了一件茄色底子暴红色五角花的连衣裙。两个女人在办公室坐下，看了看对方后，有话说了。

小荷先开的口，说："我发现你总是穿圆点花的衣服。"

小苹说："我喜欢。"

小荷说："你怎么老喜欢圆点花呢，我觉得不好看。"

小苹说："我倒觉得你身上的衣服不好看，不是五角形就是三角形，要么是方形、长方形、菱形，一点儿都不和谐。"

小荷说："还是你身上的圆点花不好看，缺少个性，平庸了一些。"

小苹说："不是平庸，是和谐，怎么也比你穿那些菱形、方形的衣服看着顺眼些。"

他们说话时，一个叫小李的小伙进来了。小李是单位的临时工，在单位做一些跑腿的事。小荷见他进来，就问他说："小李，你来评判一下，我们两人谁穿的衣服好看。"

小苹说："肯定是我穿的衣服好看。"

小荷说："王婆卖瓜，自卖自夸，人家小李才不会说你的衣服好看。"

小李是个很会说话的人，他看看小荷，又看看小苹，跟她们说："你们两个人穿的衣服都好看。"

这话等于没说，小荷嘟嘟嘴，跟小李说："你不觉得她身上的圆点花很平庸吗?"

小苹说："你看小荷的衣服，不是菱形就是方形，看着一点儿也不和谐。"

小李说："不会呀，你们穿的蛮好看的，既不平庸也很和谐，真的。"

小荷、小苹都笑了。

在后来很长一段时间里，两个女人的穿衣习惯也没有改变，小苹仍然喜欢穿圆点花的衣花，不管是红色的衣服，白色的衣服，还是紫色、蓝色的衣服，那上面的花纹，都是圆点。小荷从不穿这样的衣服，她身上的衣服不管什么颜色，那花纹不是三角形就是五角形，要么是菱形、方块形、长方形。单位其他同事也发现了她们的穿衣习惯，一天她们一个同事就跟她们说："我发现你们俩人穿衣有个习惯。"

小荷说："是呀，小苹喜欢穿圆点花，我喜欢穿一些有形状的花。"

小苹则问："你说谁好看？"

同事说："我觉得各有千秋，都好看。"

小荷说："你这话等于没说。"

同事说："只要自己喜欢，穿什么衣服都好看，不过，从一个人的穿衣喜好上，可以看出一个人的性格来。"

那个小李也在边上，他有点儿不信，他说："从一个人的穿衣可以看出一个人的性格，那你说说小苹、小荷什么性格？"

两个女人也说："对，你看看我们什么性格？"

同事说："小苹喜欢穿圆点花的衣服，这种人的性格应该比较随和一些，而小荷你呢，喜欢穿有棱有角的衣服，你这种人我觉得比较有个性。"

小苹说："是这样吗，好像有一些道理。"

小荷说："不见得吧，一个人的性格跟穿衣不一定有关系，这只是个人的爱好和习惯而已。"

小李赞同小荷的说法，小李说："我也觉得没有什么根据，喜欢穿什么衣服纯粹是个人的爱好和习惯。"

小苹觉得这话也有些道理，她点了点头。

大约三个月后，小荷被人杀害了。人命关天的大案，公安部门组织精干力量进行侦破。很快，案子告破，杀害小荷的凶手竟然就是小李。

对凶犯审讯后得知，一个晚上，小李打听到小荷丈夫不在家，便潜入小荷家中，要强奸小荷，但小荷誓死不从。挣扎中，小李活生生把小荷掐死了。

小李还交代，他还多次强奸过小荷同办公室的小苹。

公安很快找到了小苹进行核实，但小苹矢口否认。

小苹是这样跟公安说："那是一只疯狗，乱咬人。"

# 别听他胡说八道

何娟觉得后面有人跟着她，很害怕。后面确实有人，但这人跟何娟毫不相干，这也是一个跟何娟一样走夜路的人。那条路很偏僻，一前一后走着两个人，何娟真的吓着了，不敢看后面，只快步往前走，然后跑了起来。

很多晚上，何娟下了班都这样。其实，何娟工厂有一个叫李东的人，跟何娟同路。何娟想跟李东一起走，但又觉得李东这人不大正经，何娟还是没跟他一起走。她下了班，还是一个人走。

这天，何娟又觉得后面有人跟着。同样，后面这人也跟何娟毫不相干，人家也是走夜路的人。但何娟以为人家跟着她，很害怕。何娟不敢看后面，只快步往前走，甚至跑了起来。

何娟这样跑，就追上了一个人，这个人就是下了班回家的李东。见到李东，何娟喊了一声："李东——"

李东回了回头，看到何娟慌里慌张地在自己后面跑，于是说："你这样慌张做什么？"

何娟说："后面有人跟着我。"

李东看了看，跟何娟说："没有呀。"

何娟回头一看，果然，后面根本没有人，何娟觉得奇怪，何娟说："人呢？"

李东说："你是自己吓自己吧？"

何娟说："不是，当时真有人在后面跟着我。"

李东笑了笑，跟何娟说："鬼跟着你差不多。"

何娟又是害怕的样子，女何娟说："晚上莫说鬼。"

李东说："好，不说鬼，那我问你，要是这深更半夜真的有人跟着你，然后劫你的财，你怎么办？"

何娟说："那怎么办，把东西给他就是。"

李东说："要是那人贪财又贪色呢，你不同意，他就杀了你？"

何娟说："那当然是保命要紧。"

李东古怪地笑一下。

何娟说："你笑什么?"

李东笑而不答。

何娟经常走夜路，每次都很害怕。这晚，何娟又觉得后面有人跟着，何娟很害怕，不敢看后面，只快步往前走，后来甚至跑了起来。何娟这时候又希望看到李东在前面，但这次没这么好的运气，何娟没看到李东。

其实李东在后面，那个跟着他的人，就是李东。当然，李东戴了个大口罩，他不会让何娟看出他是谁。

李东跟了何娟一阵，看到何娟慌慌张张的样子，胆大了，李东后来看看四处无人，忽然就跑到何娟跟前。李东用手臂扼着何娟的脖子，然后把何娟拉到一个拆了一半的房子里，李东凶着说："莫叫，你叫我就杀了你。"

何娟真不敢叫。

李东说："把身上值钱的东西拿出来。"

何娟就把钱包手机耳环拿给李东。

李东说："把衣服脱掉。"

何娟不脱。

李东说："脱不脱，不脱我杀了你。"

何娟就脱起来。

毫无疑问，何娟被李东强奸了。

李东得手，满意地走了。

李东是何娟的同事，何娟听声音也应该听出那个人是李东，但李东嘴里含着一个核桃，这样说起话来就含含糊糊。不过，何娟还是怀疑过李东，何娟第二天打了李东的电话，何娟说："你昨晚做了什么?"

李东说："没做什么，在家睡觉。"

何娟说："可有一个人告诉我，他说你昨晚做了坏事。"

李东说："哪有这样的事，别听他胡说八道?"

何娟也不好说得很明白，不再问了。

这李东一次得手，胆就大了。李东后来还在深夜抢劫过几次，也强奸过几个女人。但有一次，李东作案时被巡警当场逮住了。经过审讯，警察得知李东抢劫和强奸过何娟。于是有一天公安找到何娟，跟她说："李东交代他在 X 年 X 日抢劫过你，还强奸了你。"

何娟满脸通红，说："哪里有这样的事，别听他胡说八道。"

# 从春天开始等

他有时候会想，自己喜欢的女孩，应该是那种清瘦一点，但很清秀的那种。还有，她应该很清纯。有一天，他就见到这样一个女孩了。那是春天的一天，他和两个朋友去山上赏花。春天的山上开满了花，红的映山红，白的或水红的蔷薇，还有各种各样的他叫不出名的花儿，甚至一些桃花和李花，也还在枝头流连……整个山上，真的是山花烂漫了。后来，他就看见另外几朵花，那是几个女孩。其中一个女孩，就是那种清瘦一点，但很清秀的样子。而且，女孩还很清纯。他一双眼睛都被女孩吸住了。女孩往哪儿走，他的眼睛就跟了去。女孩好像知道他用眼睛跟着她，后来回了一下头，看着他笑了一下。

笑过，女孩她们就走了。

他想跟着，但不熟，明显不能跟在人家后面。

于是就看着女孩走去的方向发起呆来。

同伴拉他走，还说："发什么呆呀？"

他说："看不见花了。"

同伴说："你说什么呢，这满山都是花呀？"

那女孩确实是他喜欢的那种。后来，他会经常到那儿去。他想再看到女孩，但一次又一次，他都没有看到女孩。那儿的山不是什么崇山峻岭，只是江南的矮山。山上有人栽了桃，栽了李甚至栽了桔子和板栗。有农民看他总在山上，就问着他说："总看你到山上来，找谁吗？"

他没回答人家，但唱起一首歌来：

> 从春天开始等
> 我等到了秋
> 叹着花儿朵朵随风飘落
> 溪水在匆匆流……

歌虽然这么唱，但那时候还是春天，满山的花开着，他又唱道：

> 春天的花呀开呀开满山
> 为何不见你在我的身旁
> 摘一朵野花送给谁
> 等你的人儿好憔悴……

确实，他摘了一朵花，但不知道送给谁？

这后来的一天，他在一条街上走过时，看见街上一家发廊里一个女孩向他招手，还说："进来吧？"

他是不会进这种场合的，但认真看了一眼招手的女孩后，他走了进去。招手的女孩很像在山上见过的女孩，于是他站在女孩跟前，问她说："你很像我那天在山上见过的女孩。"

女孩说："我就是呀。"

他说："不是，那女孩怎么会在这里呢？"

说着，他出来了。

女孩见他走了，在后面喊着："你走做什么，来按摩呀？"

他头也没回。

秋天到了，他还会到山上去，等着女孩出现。那首歌，他还是会唱道：

> 从秋天开始等
> 我等到了春
> 望着云儿片片随风越过
> 心儿也越来越烦忧……

这回没让他从秋等到春，在他唱着歌时，他就看到女孩了，看到女孩和两个人上山来玩。这回看见女孩，他大胆地走过去，他跟女孩说："我见过你。"

女孩说："什么时候？"

他说："今年春天。"

女孩说："怎么会是今年春天见过我呢，我觉得我在发廊见过你，你好像进来过。"

他说："怎么可能在发廊呢？不过，有一次我倒在发廊见过一个女孩，她特别像你，但我知道，她不是你，你不会在那种场合。"

　　他说过这话，女孩忽然白了他一眼，走开来了。

　　他跟着。

　　女孩见他跟着，又白他一眼，还说："你跟着我做什么？"

　　他不敢跟了。

　　女孩走远了。

　　他没走，呆在那儿，呆了一会儿，他又唱了起来：

　　　　秋天的溪水还在流
　　　　为何没能流到你的心里头
　　　　让那流水带走我的情
　　　　带走心中等你的那份烦忧

# 我不认识你

男孩女孩不在一起，但照样可以将爱情进行下去。在手机里，他们一样可以谈情说爱。多半是女孩打男孩的手机，接通后，女孩说："爱你！"

男孩说："我也爱你。"

女孩又说："想你。"

男孩说："我也想你？"

女孩再说："我是每时每刻都想你。"

男孩说："我也一样。"

女孩接着说："我真的爱你，我可以为你付出一切甚至生命。"

男孩说："我也可以付出一切。"

每次，他们都这样开头，然后就放不下来。半个小时是常事，有时候一个电话要打一个小时甚至更长的时间。他们通常是在傍晚下班的时候打电话，男孩边走边打电话，满脸的笑容。男孩喜不自禁的样子，就很惹人注意。一个女人并排走在男孩旁边，女人看了男孩一眼，甚至还跟男孩做了一个怪脸。男孩看到女人在做怪脸，男孩笑了笑。

接下来有人打女人的手机，女人看了一眼号码，立即把手机放在耳边说："你不要说了，烦不烦呀？"

跟男孩打电话的女孩在电话那边听到了女人的声音，女孩立即跟男孩说："这个人是谁？"

男孩说："我不认识。"

女孩说："你骗我，她在你边上叫你要说了，还说烦不烦。"

男孩说："我真不认识她。"

女孩说："你还不承认，你以为我是三岁小孩呀！"

男孩说："我第一次发现你很不讲理哩！"

女孩说："怎么是我不讲理，你告诉我，那女人是谁？"

男孩说："你真的不讲道理，我不跟你说了。"

说着，男孩把电话挂断了。

但断不了，过了一会儿，女孩又把电话打了过来，女孩说："那女人是谁？"

男孩说："哪有什么女人？"

女孩说："我明明听到了。"

男孩说："是一个女人在边上打电话，她说她的话，我说我的话。"

女孩说："不对，那女人分明是在说你，让你不要跟我打电话，她有什么资格管你，她是你什么人？"

男孩说："你这不是胡搅蛮缠吗，不跟你说了。"

说着，男孩又挂断了。

但断了，女孩仍会打过来。又过了一会儿，女孩又打了男孩的电话，女孩说："你外面有女人？"

男孩说："没有。"

女孩说："有。"

男孩说："跟你说了没有。"

女孩说："就有。"

男孩说："不跟你说了。"

男孩再一次挂了。

但女孩还是会打过来。这天，女孩再一次打了男孩的电话，女孩说："告诉我，你们好了多久了？"

男孩说："你还有完没完？"

女孩说："你是男子汉的话，就要敢作敢当。"

男孩说："你简直不可理喻。"

女孩说："你现在外面有人，就嫌我了。"

男孩说："我外面有人，我嫌你，好了吧？"

这样每天吵来吵去，结果可想而知，有一天，他们分手了。

这后来的一天，男孩碰到了那个导致他和女孩分手的女人了。女人跟男孩做过鬼脸，男孩还记得她。于是男孩走到女人跟前，说："你是有意的？"

女人完全不认识男孩了，女人陌生地看着男孩，然后说："你在跟我说话吗？可是我不认识你呀？"

# 美女与车

一辆宝马从一个美女跟前开过，美女什么车都不认识，只认识宝马。见了宝马，美女一脸灿烂，美女说："哇噻，宝马耶!"

开宝马车的男人在美女说着时按下了车窗玻璃，男人说："美女，你认识宝马呀?"

美女说："当然认识。"

男人不是个好看的男人，甚至有些难看，但男人的尊贵不在于好看不好看，而在于财富。美女虽然发现开宝马车的男人难看，但美女还是笑盈盈地看着男人。看见美女这样笑着，男人就跟美女说："敢不敢上我的车，让我搭你一程。"

美女说："你愿搭我，我就敢上。"

男人立即把车停了。

美女上车后有些激动，说："这是我第一次坐宝马耶。"

男人说："为了你的第一次，我就多搭你一程。"

美女说了一声谢谢，然后在车里四处看着，还问说："这车在宝马里也算很好的吧?"

男人说："宝马740。"

美女说："要100万吧?"

男人说："过了100万。"

美女这时候有点儿喜不自禁了，说："我坐了100多万的宝马耶。"说着时，美女看了看男人，继续说："你知道吗，我这辈子最大的梦想就是有一辆宝马车。"

男人说："你的梦想肯定能实现。"

美女说："为什么?"

男人说："你是个美女呀。"

美女说："你真会说话。"

男人说："你真的是个美女，很美很美的那种美女。"

美女说："你腐蚀我。"

男人说："我没有腐蚀你，你真的很美很美。"

说着，男人突然问美女说："你的梦想是有一辆宝马，我的梦想呢，你知道是什么吗？"

美女摇头。

男人说："我的梦想就是身边有一位像你这样的美女。"

美女说："你这样有钱，身边还没有美女吗？"

男人说："美女如云，但没有一个符合我的审美要求，我曾经想过，要是我碰到一个符合我审美要求的美女，我就送她一辆宝马。"

美女说："你碰到了吗？"

男人说："以前一直没碰到，但看到你，我知道我碰到了。"

美女说："你逗我玩。"

男人说："我说的是真的，不逗你。"

男人说只搭美女一程，但这个下午，美女一直都在车上。美女不但坐宝马，还开宝马。美女开始不敢开，但男人鼓励她。男人说开自动挡的车，比骑自行车还容易。美女开了后，果然如此。美女后来在一条行人很少的路上把宝马开来开去，美女说："开宝马的感觉真的很好耶。"

男人说："那你就跟我好吧，我送你一辆40万的宝马。"

美女说："你说的是真的吗？"

男人说："真的。"

这天晚上，美女没有回家，她跟男人住进了一家豪华宾馆。跟男人躺在一起时，美女说："我都跟了你了，你一定要跟我买宝马。"

男人说："一定跟你买。"

有好多天，美女都跟男人住在一起。但这天早上醒来，美女没看到男人。不但人不见了，男人所有的东西也不见了。美女急忙打男人的手机，但男人关机，根本打不通。

毫无疑问，美女被男人骗了。

此后的几天里，美女不停地打男人的手机，但男人的手机基本处于关机状态，偶尔是通的，男人也不接。美女还有些不死心，又跟男人发了下面几条短信：

第一条：你是个骗子，但我不是那么好骗的，我不会放过你。

第二条：我不会让你白玩，你必须赔偿我。

第三条：你不赔偿，我就到公安机关报案，说你强奸我，公安会根据你的手号码找到你。

第四条：我当然不希望上面这些发生，你是个有身份的人，不要因为这事弄得身败名裂。

美女知道，上面几条短信，只要男人开机，就能看到。美女觉得男人看到这几条短信后就不会再躲她了。

但男人依然没出现，好多好多天，男人也没有一点儿音讯。

倒是有一天，一个警察打了美女的手机，警察说："请问你是139XX……的机主吗？"

美女说："我是。"

警察说："我是警察，我们在胡兵的手机里发现了你的短信。"

美女听说是警察，吓了一跳，但美女还是问了一句："胡兵是谁？"

警察说："胡兵是李坊乡一个农民，这么多年一直在外流窜作案，前不久他偷了一辆宝马。不仅如此，他还涉及多起诈骗和强奸的案子，从你的短信里我们能判断，你也可能是当事人之一，我们希望你出来指正。"

美女赶紧说："我不认识这个人。"

警察说："你发给胡兵那些短信怎么解释？"

美女说："我发着玩的。"

说着，美女急忙关了手机。

# 小 玉

平是经人介绍认识小玉的，平对小玉可以说是一见钟情。这样说或许还不能表达平对小玉的爱意，平对小玉的爱简直有点儿刻骨铭心。平时时刻刻都想见到小玉，时时刻刻都想待在小玉身边。见不到小玉、没有呆在小玉身边，平就心神不定坐立不安。但小玉对平却没什么感觉，甚至可以说小玉根本就不喜欢平，小玉对平很冷淡，总是爱理不搭的。这样不冷不热地和平相处了几个月，小玉终于提出分手了。

他们是经人介绍认识的，这不但把平急坏了，还急坏了介绍人。平和介绍人甚至小玉的父母一起围着小玉，说服她。他们跟小玉说了平很多优点，平的单位好，这是优点，平的长相好，这也是优点，平的家庭好，仍是优点。说了大半个上午，说得小玉再不开口了，介绍人才问了一声："你现在不会再说分手了吧。"

没想到小玉突然冒出了一句："你们要再逼，我情愿去跳河。"

所有的人都不敢做声了，都眼巴巴地看着小玉走开了。

小玉和平分手了。

小玉很快找了一个男人，这个男人和平比，相差就太远了。这男人没工作，长相也不好，家庭就更差了。介绍人和平知道后，都觉得不可思议。介绍人不死心，仍去找了小玉，她跟小玉说："你找这样的男人，不会幸福的。"

小玉则说："你怎么知道我不会幸福？"

介绍人说："我是过来人，我知道怎样的条件才过得好日子，你还是跟平好吧。"

小玉当然不听。

小玉的父母也是坚决反对，但小玉死活要跟男人好，谁也阻拦不了。

不久，小玉和男人结婚了。

正像介绍人说的那样，小玉结婚后真的过得不幸福。男人对小玉并不好，不是打就是骂，而且好吃懒做。小玉现在才知道自己找错了人。但小玉知道后悔也没有用，所以小玉不后悔，还得和男人过。后来，实在过不下去了，小玉便跟男人离了。离了婚后小玉一直自己过，小玉没工作，也没特长。

为此，小玉的日子不可能过得很好。

平一直没找，现在，他事业有成，他要找什么样的女人，都找得到，但他硬是没找。他好像是在等着小玉，想跟她重归于好。但小玉离婚后，平并没去找她。有好长一段时间了，平也没在小玉跟前出现过。没人知道平现在想什么，平是个让人猜不透的人。有人劝平找个人结婚，平说他会结婚的，但还不到时候。

好多年过去了，小玉还是过得不好，甚至可以说过得非常糟糕。小玉明显憔悴了，脸色蜡黄。小玉有一天照镜子，发现了自己的憔悴，小玉悲从心起。小玉这时开始后悔了。这以后，小玉变得无精打采起来。那城市边上有一条河，不知为什么，小玉后来很喜欢往河边去，然后在河边走来走去。

有一天，平走近了小玉。

平走近后，没有丝毫嘲笑的意味，只轻轻地跟小玉说道："我们结婚吧。"

小玉绝对没想到平会说出这样一句话来，小玉张着嘴，半天不晓得说一句话。

平重复了一遍。

小玉现在有话说了，小玉说："我离婚很久了，你为什么现在才来跟我说这句话？"

平说："以前，我把握不准你会不会接受我。"

小玉说："你认为我现在会接受你？"

平点点头。

小玉却摇摇头，说："可惜，我现在不配接受你了，我做过各种各样的事，甚至做过三陪，我这样的人，还配得上你吗？"

平说："我不介意。"

小玉想了好长时间，说话了，小玉说："你能等我三个月吗，还有，你能不能给我几万块钱。"

平想也没想，就给了女人几万块钱。

三个月后，一个陌生的女人敲开了平的房门，平不认识她，问她说："你找谁？"

女人说："我找你。"

平说："你认识我吗，我好像不认识你。"

女人说："我是小玉。"

女人真是小玉，他用男人给的几万块钱去做了美容，她变得十分漂亮了，像韩国女影星。现在，小玉觉得自己配得上平了。但平却不相信跟前站着的是小玉，他没让小玉进去，只跟她说："你不是小玉，绝对不是小玉。"

说着，平把门关了。

平后来再没见到过小玉。

# 只配嫁给你

小茜从小就生活在蜜罐里，小茜的父亲是领导干部，母亲也是领导干部。两个领导干部只有了这么一个宝贝女儿，自然把小茜视若掌上明珠。他们对小茜几乎是百依百顺，小茜要什么，他们给什么。来举一个例子吧，小茜喜欢吃新鲜荔枝，但小茜那座城市有很长时间都没有新鲜的荔枝，只有到一千多公里以外的南方才能卖到。小茜的父母仍然会满足小茜，他们经常派了一个人，专门坐火车去卖。"一骑红尘妃子笑，无人知是荔枝来。"小茜是学过这首诗的，但小茜知道荔枝是从一千多公里外买来的。小茜觉得自己好幸福，这时候，一种优越感会在小茜心里油然而生。

小茜小的时候，这种优越感时时刻刻都会产生。小茜读小学一二年级的时候，便和一群同样有优越感的同学在一起。这些同学的父母不是领导干部就是学校里的老师。他们下课在一起玩，放学一起回家。见了什么人，便一起起哄，总喊："一二，张酱油——"，"一二，李板车——"显然，这张酱油和李板车是小茜同学的父亲。他们一个是开小卖铺卖酱油的，一个是卖苦力拉板车的。小茜他们无比优越地一起哄，那张酱油、李板车的孩子就只有脸红耳赤勾着头跑了。

从小到大，小茜心里一直都有一种优越感。到找了对象，她心里也依然有一种优越感。小茜的对象像她一样，也是领导干部家庭出身。两家门当户对，郎才女貌。这样好的条件，小茜没有理由不在心里产生优越感。而且，这种优越感时时刻刻油然而生。比如一次小茜和对象去郊外玩，本来他们可以坐小车去，但小茜想体验一下平常人的生活，便挤了班车出去。在车上，他们和另外两个人谈得很投入。这两个人也是坐了车出来玩的，他们是普通人，只能坐班车出来。小茜和他们聊得好好的，忽然冒出了一句，小茜跟对象说："今天春光明媚，天气这么好，早晓得我跟父亲要辆车出来，这样可以玩得更远一些。"小茜的对象接过话说："我本来叫了司机开车出来，你不要，你要坐车出来。"小茜说："叫了司机出来毕竟不方便，我看，我们还是早点儿考个驾照，早点儿买一辆车吧。"小茜的对象说："买什么车好呢?"小茜说："伊兰特吧，这车北京卖得好。"小茜的对象说："伊兰特档次还是低了，买尼桑更好一些。"那两个人开始一直跟他们说着话，小茜和对象说这一段话时，他们没插嘴。等小茜说完了，他们仍没接嘴。他们听话听音，知道自己和小茜不在一个层次上，他们不敢接嘴了。小茜当然不是要故意在别人面前摆什么阔，这些话是情不自禁说出来的，这其实是某种优越感在情不自禁地流露。

偏偏有一个人不识相，这人是小茜的同事，他父亲，就是那个李板车。这人不知哪根神经搭错了，竟然想入非非想跟小茜好。小茜当然不会跟他好，多次拒绝他。但他仍不晓得知难而退，还是缠着小茜。小茜就不睬这个人了，见了，一脸的不屑。

这后来的一天，小茜在街上碰见一个老人，老人看起来就是个穷人，一身衣服不仅皱皱巴巴，还邋里邋遢的。他见了小茜，不停地打量着，还问小茜是不是叫小茜。小茜点着头，问老人说："你是谁呀，怎么知道我叫小茜?"老人就说："我是你父亲。"小茜当然不信，觉得这人是个神经病，她转身走开了。但那人跟着小茜，在后面说："我真是你父亲，是你亲生父亲。"老人这句话让小茜一惊，小茜回头看了老人一眼，然后匆忙打车走了。

小茜很快回到家里了，她跟父亲把这事说了，小茜的父亲认真看了小茜一眼，然后跟小茜说："他真是你父亲。"

小茜不信，她几乎是大声喊着说："不可能，我的父亲是你。"

小茜的父亲说："你是我抱养的，你的亲生父亲是开杂货店卖酱油的张酱油。"

听到这里，小茜呜一声哭了。

小茜后来把自己关在屋里好几天，等她出来时，作出了一个惊人的决定，她同意跟李板车的儿子好。小茜的对象，当然是那个领导干部的儿子，他对小茜的决定十分不解，他多次找到小茜，问她说："你为什么不跟我好?"

小茜说："我不配跟你好。"

很快，小茜跟李板车的儿子结婚了。

结婚后，李板车的儿子也多次问着小茜说："你为什么嫁给我呢?"

小茜说："我只配嫁给你。"

# 情 人

一天，有人问他有没有情人。他说没有。但说过后他笑了起来。他这一笑，便让人家觉得他在说谎。人家又说他一定有情人。还说凭他的条件，他不可能没有情人。

他不置可否，还是笑。

但他心里，他是觉得自己有情人的。

他的情人叫小伊，在药店上班。他和小伊并不熟，他去药店买了几次药，就熟了。不是一般的熟，是很熟。到后来，他不买药，也会到药店去。小伊见了他，也不问他买什么药，只说："来啦?"

他说："来啦。"

药店的人也看出他和小伊很好，有时候会说："小伊，刘可看你来了。"

小伊听了，笑一笑。

他也笑，但不知道他们怎么知道自己叫刘可。

这一天他又去了药店，药店所有的人都认识他了，这回，药店有人说："又来看小伊?"

他说："来看小伊。"

随后他就坐在小伊旁边，跟小伊说话，他说："我觉得我们之间特别投机。"

小伊说："我也觉得我们之间投机。"

他又说："也非常投缘。"

小伊说："非常投缘。"

他还说："是那种一见如故的感觉。"

小伊说："不错，是那种一见如故的感觉。"

他再说："我还觉得我们之间是一见钟情。"

小伊说："你声音小点儿。"

他说："没人听得到，你同事见了我来，都避开了。"

小伊说："人虽然避开了，但他们会用心听的。"

他说："那我小声点儿。"

这天离开后，他心情非常愉快。也就是从这天起，他觉得自己有情人了。

但让他没想到的是，后来，情况又有了变化。这天，他又去了药店，药店的人像往常一样跟他说："又来看小伊呀？"

他笑笑。

他又坐下来跟小伊说话，但说着时，药店一个女人忽然跟小伊开玩笑说："小伊，我们都觉得刘可是你的情人。"

小伊这回严肃起来，说："胡说。"

药店的人说："不要否认嘛，现在找情人的事太司空见惯了。"

小伊说："别人怎样我不管，但我绝对不会找情人。"

同事说："怎么能把话说得这么绝对呢？"

小伊说："我就说得这么绝，我再说一遍，我绝对不会找情人。"

他开始坐在小伊旁边，脸带笑。但小伊把这话一说，他一张脸僵了起来。

离开后他很难过，他一直觉得小伊是自己的情人，即使今天不是，明天肯定是。但他没想到，小伊没有找情人的想法。小伊把话说得那么绝，让他觉得一点儿希望也没有。

过后，他再没去药店。

这天，又有人问他有没有情人，他这回板着脸，很严肃地回答："没有。"

人家说："你没有情人，不可能吧？"

他有些不高兴了，他说："没有就是没有，有什么不可能。"

人家不说话了。

又过了一些日子，他还是没去药店。但这天，他忽然接到小伊打来的电话，小伊说："这么久怎么没来呀？"

他支吾了一下，然后说："最近忙。"

小伊说："是在生我的气吧？"

他不知道怎么回答了，但小伊不需要他回答，小伊说："在哪儿呢，到我家来吧。"

他说："我怎么敢到你家里来？"

小伊说："不要紧，我老公上个礼拜就外出开会去了。"

他当然听得出这话的意思，他忽然就高兴起来，赶紧去了。

小伊好像在家门口等着他，他才敲门，门就开了。随后，小伊一关上门，就拥着他。他是有思想准备的，但一进门就被小伊拥着，还是让他觉得意外。他愣了那么两三秒，然后问着小伊说："你不是说你绝对不找情人吗?"

小伊说："你傻不傻，我会当着那么多人的面，说我会找情人。"

什么也不用说了，他用了用力，把小伊抱紧了。

至此，他真有情人了。

# 恩爱一时间

小苹与别个小姐不同，别个小姐见了男人，会笑着讨好男人，小苹见了男人，皱着眉。男人见小苹皱着眉，也皱起了眉，男人问着小苹说："为什么不高兴？"

小苹说："做我们这种事的人，能高兴到哪里去？"

男人说："哪里人呢？"

小苹说："我念一首诗吧，你听过这首诗或许知道我是哪里人。"

男人说："有意思，你念念看。"

小苹念起来："京口瓜洲一水间，钟山只隔数重山。春风又绿江南岸，明月何时照我还。"

男人说："这是王安石的诗，你是江西临川人。"

小苹说："很少有人能说出我是临川人，看来你是读过书的人。"

男人说："你能念出王安石的诗，说明你也读了书。"

小苹说："我喜欢诗词。"

男人说："我也念一首诗吧，看看你知不知道我是哪里人。金陵津渡小山楼，一宿行人自可愁，潮落夜江斜月里，两三星火是瓜洲。"

小苹说："你是南京人。"

男人说："你还真读了书，可是，你读了这么多书，怎么还在这里做小姐呢？"

小苹说："不是爱风尘，似被前缘误。"

男人说："花开花落总有时，你难道没有别的打算？"

小苹说："去也终需去，住也如何住，若得山花插满头，莫问奴去处。"

男人说："但我还是想帮你，我想我能助你脱离苦海。"

小苹说："这么说你是我的东君主，那你肯定是个当官的？"

男人说："你说呢？"

男人真是个当官的，他时常找小姐，但很少会喜欢哪个小姐，更不会暴露自己的身份。这天，男人对这个会咏诗的小苹极有好感，他不仅暴了自己当官的身份，还给小苹留了手机号码。当然，男人也要了小苹的号码。才离开，男人就发短信给小苹说："记得小苹初见，两重心字罗衣，我见到你们古代临川词人晏几道诗里的小苹了。"

小苹回复："可是我虽然叫小苹，但我不是小苹，不能和你琵琶弦上说相思，我在这里落花人独立，看见微雨燕双飞。"

男人发来："在我心里，你就是小苹，我会带给你当时明月在，曾照彩云归的浪漫。"

男人还真有这样的浪漫，过后，男人经常约小苹出来。一次两个人在一起，月亮升起来了，男人说："月上柳梢头，人约黄昏后。"

小苹说："长沟流月去无声，我在这里浪费年华。"

男人说："你太忧愁了。"

小苹说："惊起却回头，有恨无人省，你不理解我们这种女子的苦楚。"

男人说："我能理解，正因为理解，我才喜欢你。"

男人真的是喜欢小苹，见不到的时候，男人总给小苹发短信，一次男人发短信说："我觉得我们现在是一种相思，两处闲愁了。"

小苹回道："是不是此情无处可消除，才下眉头，却上心头呀？"

男人发来："是这样的感觉，我想你的时候，总是起来独自绕阶行，人悄悄，帘外月胧明，我巴不得时时刻刻能见到你"

小苹回道："两情若是久长时，又岂在朝朝暮暮。"

男人说："也是，金风玉露一相逢，便胜却人间无数。"

男人对小苹这样好，小苹慢慢开心起来，这天，小苹给男人打电话说："我突然想到王安石一首写南京的词。"

男人说："我知道是哪首。"

小苹说："你说说看？"

男人说："我念给你听吧。登临送目，正故国晚秋，天气初肃。千里澄江似练，翠峰如簇。征帆去棹残阳里，背西风，酒旗斜矗。彩舟云淡，星河鹭起，画图难足。"

小苹接着念道："念往昔，繁华竞逐，叹门外楼头，悲恨相续。千古凭高对此，漫嗟荣辱。六朝旧事随流水，但寒烟，衰草凝绿。至今商女，时时犹唱，《后庭》遗曲。"

男人说："你会想到这首词，说明你会想着南京或者说你会想我了。"

小苹说："才不呢。"

男人和小苹当然不仅仅会打电话和发短信，当然也经常见面，但这天见面时出状况了。男人的妻子一直跟踪着男人，当男人和小苹开了房后，男人的妻子拍开了门。男人的妻子没吵没闹，只跟男人说："我知道你外面有相好，如果你不断，我会闹得你身败名裂，让你一无所有。"

男人竟乖乖地跟着妻子走了。

这一走，小苹再没见到男人了。小苹这时候也喜欢上了男人了，见不到男人，小苹会想他，想着男人时，小苹便给男人发短信说："明月不谙相思苦，斜光到晓穿朱户。"

小苹又发道："风住尘香花已尽，日晚倦梳头，物是人非事事休，欲语泪先流。"

小苹还发道："衣带渐宽终不悔，为伊消得人憔悴。"

男人不回小苹的短信，一直没回，男人不回，小苹便一直发，一条又一条，终于，男人回了，男人说："无可奈何花落去，请你再莫打扰我了，我不能因为你断送我的前程。"

小苹哭了，哭了半天，小苹回道："莫攀我，攀我太偏心，我是曲江临池柳，这人折来那从攀，因爱一时间。"

过后，小苹再没打扰男人。

# 你怎么才回来

女人没把钥匙放在身上，回家时，女人进不了家门了。那时候是深夜一点多钟，女人怕吵醒楼里的邻居，她在门外轻轻地拍着门，也轻轻地喊："平平开门，开门——"

平平是女人的儿子，已经睡着了。

女人仍喊，声音也大了些："平平开门，开门——"

屋里仍没有反应。

女人声音又大了些："平平开门，开门呀——"

女人的儿子睡得很死，根本不知道女人在外面喊门。

女人在门外喊了一会儿，儿子仍没开门，女人就顾不了那么多了，女人把门拍得很响，大声喊着："平平开门，你开门呀——"

女人的儿子仍没醒，仍没开门，女人就很生气了，把门拍得砰砰响，大声吼着说："平平开门——张小平，你开门呀——"

女人声音这样大，除了女人的儿子，楼里的人，差不多都吵醒了。一户人家，吵醒后在黑暗里说话了，女的说："妈的，这女人有毛病呀，吵死人。"

男的说："我出去骂她几句，这样吵，别人还要不要睡觉。"

女的说："算了，她又不是吵你一个人，大家都被吵，别人不管，你管做什么？"

男的就不做声了。

吵醒的人，都对女人不满，又一户人家，也在黑暗里说着话，男的说："这女人是个二百五呀，她这样吵，难道不知道会吵醒别人。"

女的说："我们就碰到这样二百五的邻居，有什么办法。"

男的说："喊这么久那个平平都没听到，那平平可能没在里面。"

女的说："管他在不在，睡吧。"

男的说："怎么睡得着。"

另一户人家也在屋里骂女人，男的说："这女人素质真差。"

女的说："太差了，这样大喊大叫，她难道不知道会吵醒别人。"

骂着，他们开了电视，看起电视来。

女人还在拍门，不是拍，是打门踢门蹬门，边打边踢着门时，女人边骂着说："张小平，你死了呀，你开门呀——"

这样喊了好久，门仍没开，女人声音更大了，不是声音大，是歇斯底里地大喊大叫，女人叫着："张——小——平——你——开——门——"

门还是没开。

有两个歹人，在外面东游西逛，他们也就听到了女人叫门，在听了十几二十分钟后，他们一个说："你说这深更半夜的，大家肯定被女人吵醒了，怎么就没一个人出来说说女人？"

另一个说："现在的人，谁他妈的管别人的闲事。"

一个说："我们去看看。"

另一个说："去看看。"

两个歹人就寻着女人的喊声去，不一会，就看到了女人。见到女人，两个歹人很高兴，女人不仅好看，身上还有一只包。两个歹人做了一个眼色，一个过去用胳臂夹着女人的脖子，拖着就走。女人没想到会有这样的事出现，女人又大声喊着："救命——救命呀——"

一个歹人就用手捂着女人的嘴。

但女人的喊声还是让很多人家听到了，一户人家又说话了，男的说："这女人要发神经了。"

女的说："真在发神经。"

另一户人家也说起来，男有的说："这女人疯了吗？"

女的说："太夸张了吧，叫不开门就喊救命，我看谁也不会出去。"

确实没人出去。

两个歹人把女人拖到一个僻静的地方，他们不但把女人身上的东西抢了，还强奸了女人。女人开始也喊也叫，但没用，在他家门口，她叫都没有用，何况在很偏僻的地方。等女人被两个歹人强奸了，女人不叫了，女人在两个歹人走后默默地穿好衣服。女人也想去报案，但女人明白，这事一旦传出去，以后便做不起人，女人忍了忍，还是往家里走去。

这时候差不多天亮了，女人到家门口时，轻轻地拍了拍门。那时候女人的儿子刚好醒了，听了拍门声，赶快出来开门。把门打开，女人的儿子还说："你怎么才回来呀？"

"啪——"女人用重重地一个巴掌回答了儿子。

# 预 谋

他经常去一家味道坊吃饭，那儿有一个叫娜娜的女孩，让他看着很顺眼。他见了娜娜，总说："你真漂亮。"

娜娜说："谢谢！"

他又说："我还很少见到你这么好看的女孩。"

娜娜说："你过奖了。"

他属于那种有点权和有点钱的男人，这样的男人很花心。他后来要到了娜娜的手机号，一天，他打了娜娜的手机，他说："我很想你。"

娜娜说："你不要吓我？"

他又说："你知道吗，一个男人会想一个女人，就是喜欢上这个女人了。"

娜娜说："你不怕你老婆吗？"

他说："现在哪个男人不是外面彩旗飘飘，家里红旗不倒。"

以后的好多天里，他经常打娜娜的手机，表达他对娜娜的爱意。娜娜对他不反感，总在电话里跟他嘻嘻哈哈。一次正聊着，娜娜忽然跟他说："我手机里快没钱了，不跟你聊了。"

说着，娜娜挂了。

他明白娜娜的意思，他很快去移动网点给娜娜交了300块钱。交了后，他又打了娜娜的手机，他说："现在你不用担心没钱了。"

娜娜说："谢谢！"

这以后，他开始在娜娜身上花钱了，他给娜娜买阿迪达斯的衣服，耐克的鞋子，还买了一条2000多元的项链。一个女人会收男人的东西，那就是两厢情愿的事了。有一天，他们顺理成章地开了房。

他们是情人了。

他当然还得在娜娜身上花钱，但他当官还算廉洁，没多少钱。这样，他在娜娜身上花的钱并不是很多。娜娜便有些不满了，有一天说他："真小气。"

他说："不是小气，是没有。"

娜娜说："没有钱找什么情人？"

过后，娜娜跟他的关系就冷淡多了。娜娜不怎么见他，他打电话过去，娜娜也不接。但有一天，娜娜忽然打了他的手机，他一看娜娜的号码，很高兴，把手机放在耳边就说："我知道你舍不得我。"

但手机里一个男人说："是我。"

他说："你是谁？"

手机里说："我是娜娜的老公。"

他不知道说什么好了。

手机里又说："我知道你跟娜娜的事，告诉你，我不会放过你。"

他吓坏了，他说："你要怎样？"

手机里说："找市纪检呀，娜娜手机里有你们的录像，还有录音，这东西一交出去，你就完了。"

他说："看来你们是有预谋的，你们真无耻。"

手机里说："我不跟你啰嗦了，你必须赔偿娜娜，不然，我立即去纪检。"

他说："你们要多少？"

手机里说："五万。"

他没有选择了，只好乖乖地按着娜娜提供的银行帐号，打了五万元过去。

但这事没完，大概半个月后，娜娜的老公又打了他的手机。

这回，他们又敲诈了他三万。

娜娜老公第三次打他手机时，他没接。很明显，他们又要敲诈他了。他知道，这样敲诈下去，他就是倾家荡产，也满足不了他们。

电话又打了过来。

他不想接也得接，这事躲不掉。把手机放在身边，他听到娜娜的老公说："我们在投资一个项目，你再打三万过来吧。"

他没做声。

娜娜老公说："听到吗？"

他说："这次恐怕做不到了。"

娜娜老公说："为什么？"

他说："我双规了，全市都知道的事，你们怎么会不知道？"

娜娜老公说："你双规了，那我怎么打得通你的手机？"

他胡编乱造说："你不知道吗？现在双规故意不关手机，就是让人打进来，然后监控打进打出的电话。"

娜娜老公没再说什么，挂了。

但他打了过去，他说："告诉你，我一切都完了，我贪污受贿，我不可能出得去了，我倒霉，你也要跟着倒霉，你先后敲诈了我两回，共八万元，你知不知道，敲诈是要判刑的。"

　　手机里没有声音。

　　他又说："我很快会交代出这些事，这些事一说，你们两个都得跟我一样，坐牢。"

　　这时手机出声了，手机里说："看在往日跟娜娜的情分上，你不要说出来呀，你不说，没人知道。"

　　他说："怎么可能呢，我一定会说出来，我要让你们陪我坐牢，除非，你们把八万块钱还给我。"

　　手机里说："妈的，我赔了夫人又折兵，你给个账号吧。"

　　他说："6222XXXXXXXXX1312。"

　　大概一个小时后，他手机响了，是短信的提示音，打开来，他看到这样几个字：

　　你的尾号为1312的牡丹记贷卡16日16：33营业网点收入80000元，余额……

　　他笑了。

# 意 外

　　平有一个情人，叫小雪，平很在乎或者说很爱小雪，为她付出了很多。比如付出了精力，付出了时间，当然更付出了金钱。但小雪不在乎平，有一天还是放弃了平，跟平分了手。

　　平每天都难过伤心。

　　平后来了解到，是一个更有钱的男人把他的小雪夺走了。平这时候就不仅仅是难过伤心了，而是愤怒和生气。

　　那段时间，平整天黑着脸。

　　平有一个朋友，有一天看见平黑着一张脸，朋友问平说："你怎么啦？"

　　平跟这个朋友无话不谈，平说："小雪跟我分手了。"

　　朋友说："这很正常呀，夫妻都会离婚，何况你们只是情人。"

　　平说："是一个更有钱的男人把她夺走的。"

　　朋友说："这更正常，小雪跟你好，也是为了钱，人家更有钱，当然可以从你边把小雪夺走。"

　　平脸色就难看了，说："你怎么就不为我说话？"

　　朋友说："我说的事实。"

　　平就不睬朋友，走了。

　　平后来越想越气，这一生气，平就犯糊涂了，平决定去找那个有钱的男人算账。平甚至准备了一把刀，是一把工厂用的三角刮刀。怀里揣着刀，平满脸杀气地出门了。但巧的是，平出门不久，又碰到那个朋友了。朋友当然看出平满脸的杀气，朋友说："你要去哪里？"

　　平说："去杀掉那个混蛋。"

　　朋友说："你千万不能做傻事。"

　　平说："我咽不下这口气呀，小雪好好地跟我好着，那混蛋凭他有几个钱，就把我心爱的人夺走了。"

　　朋友说："那你也不能去杀人呀。"

平说："我真的很爱小雪，没有她，我生不如死，与其这样，我还不如杀掉那混蛋，然后自杀，与那王八蛋同归于尽。"

朋友就骂起来，说："你才混蛋哩，为了一个女人，要跟人同归于尽，你还是个男人吗?"

平说："没有小雪，我不知道怎样过下去。"

朋友说："天涯何处无芳草，你不懂这个道理吗?"

平说："我不懂。"

朋友说："女人到处都有，你转移视线，再找一个女的好，就会忘了小雪。"

平说："有用?"

朋友说："当然有用，要忘掉一个女人的唯一办法就是跟另一个女人好。"

平觉得朋友说得有理，冷静了下来。

平后来真按朋友的话去做，转移视线，找了另一个女人。也真像朋友说的那样，有了这个女人，平就把小雪忘记了。

自然，平不再难过了。

那段时间，平每天都快快乐乐，但乐极生悲，有一天，平带着情人在街上走时，一个男人黑着脸走了过来。男人一把抓住平，骂道："混蛋，你以为你有几个钱就可以为所欲为?"

平有些害怕，但还是说："我不知道你说什么?"

男人说："我的女人被你夺走了，没有她，我也不想活了，我跟你同归于尽。"

说着，男人挥刀就刺。

立即，平倒在血泊中。

这结果，平和他的朋友都没料到。

# 一 样

有一天，我在千金坡看见两个男女抱在一起。千金坡在抚河边上，这里不但僻静，而且风景很好。因此，很多人都喜欢到这里来谈情说爱。眼下，毫无疑问，这两个男女也是到这里来谈情说爱的。当然，现在他们没谈没说，而是抱在一起脸贴着脸。不仅如此，男的一双手也没停着，这双手先在女的腰上搂着，尔后，两只手便往下滑去，搂在女的屁股上。

我是无意撞上他们的，我不想打扰他们，我要往另一边走开。但他们好像听到有人了，倏地分开了。这一分开，我忽然看清了，那男的，竟是我的领导。而女的，我则不认识。我们领导四十多岁了，他夫人我认识，眼下这个女人我不认识。显然，她不是我们领导的夫人。我这时感到很意外，也很尴尬，我慌忙走开，但这时领导喊住了我，领导说："小刘你站住。"

我站住了，眼睛不敢看他们，但很小心地跟领导说："我什么也没看见。"

领导说："我不是这个意思。"

我又抢着说："我绝不会把这事说出去。"

领导说："我的意思是，你怎么也到这里来了？"

我说："这里风景很好，我经常会到这里走走。"

领导说："没带个女的来。"

我说："我老婆不喜欢走，就我一个人来。"

领导说："小刘呀，你年纪轻轻就这么传统呀，现在谁还带老婆出来，我的意思是你没带个情人来吗？"

我说："我还没有情人。"

领导说："你要加油哟。"

领导说完，不再做声了。我很知趣，说了一声"我走了"，然后匆匆走开了。

再见着领导是第二天，我们领导是个很严肃的人，平时不拘言笑，见了我从来都板着脸。但这天领导见了我满脸笑容，很灿烂。中途，他还打电话把我叫到他办公室。坐下后，领导笑着跟我说："从各方面看，我都觉得你很优秀哟。"

领导又说："可是，你这么优秀，怎么就没有一个情人呢？"

领导还说："哪天我跟你介绍一个。"

我以为领导说说而已，哪知领导是认真的。过了两天，领导打电话给我，让我到红楼茶坊去喝茶。领导还在电话里说他要介绍我认识一个人。我当然得去，到了，我看见了领导，还有那天在千金坡被领导搂着的女人。边上还有一个人，也是个女人。三十几岁的样子，眉清目秀，很漂亮的样子。

坐下后，领导告诉我那女人叫张艳，并问我说："你说张艳还漂亮吧。"

我点着头说："不错，蛮有气质的。"

领导说："我特意介绍你认识她，以后就看你的手段了。"

我笑笑，不知道怎样回答。

领导又说起来，但这回是跟张艳说我，领导说："我们小刘很优秀哟。"

张艳说："看得出来。"

领导又说："今后他还会大有出息。"

张艳说："有你的关照，他当然会有出息。"

领导再说："你可不要错过哟。"

轮着张艳笑了，她也没有回答。

领导坐了一会儿，聊了一会儿，就带着那个女的走了，这样，就剩下我和张艳了。

我和张艳又不是很熟，我们干坐着，没说话。这样尴尬了一会儿，张艳忽然问我说："听说千金坡那个地方风景很好。"

我说："是不错。"

张艳说："干脆，我们去那儿看看吧。"

我对张艳是有好感的，这真的是一个漂亮的女人。对一个漂亮的女人提出的要求，我不会拒绝。

很快，我们到了千金坡。

让我没想到的是，不一会儿，领导和那个女人挽着手也来了。领导见了我，嘻嘻哈哈地笑着，还跟我说："小刘有本事嘛，这么快就跟我们张艳好上了。"

我急忙否认，我说："我带张艳来看看。"

领导说："不要否认吗，你看，张艳都不否认呢。"

我笑笑，不晓得说什么。

需要交代的是，我后来真跟张艳好上了。我觉得张艳不错，她也觉得我不错，我们一拍即合。我和张艳好上后，经常去千金坡玩，一次，我们又去了，在那儿我抱着张艳，问她说："我能跟你好，真的要感谢我们领导。"

　　张艳说："用不着感谢，他把我介绍给你也是有用意的。"

　　我说："什么用意？"

　　张艳说："他这样做其实是堵你的嘴呀。"

　　我说："我听不明白。"

　　张艳说："傻瓜，把一个人的嘴堵住的最好办法就是让这个人也跟他一样，你都跟他一样了，还会乱说他吗？"

　　我明白了。

# 四平的女朋友

四平带了个女同学回家，四平住在一个大杂院里，院里住了八九户人家。这些人见四平带了个女孩回来，都看着四平笑，当然，也看着女孩笑。四平的女同学只是来四平家看看，几分钟后，就走了。走的时候，院子里的人仍看着四平笑，看着女孩笑。

四平送走女同学回来，一个邻居看着四平，说："四平找女朋友了。"

四平说："不是，是同学。"

另一个邻居说："四平还不好意思啰。"

四平说："真是同学。"

又一个邻居说："是女朋友也不要紧，能找到女朋友是你的本事。"

四平说："她确实是我同学。"

又一天，四平的另一个同学到四平家里来玩，也是个女同学。院里的人见了，仍看着四平笑。当然，也看着女孩笑。等四平把女同学送走回来，一个邻居也看着四平说："四平，这个女孩才是你朋友，不错吧。"

四平说"不是，是同学。"

另一个邻居说："是就是吗，不要否认！"

四平说："真不是。"

又一个邻居说："这个女朋友好像更漂亮，四平你可不要再让人家飞了。"

四平说："我说了不是女朋友，是同学。"

再一天又有一个同学到四平家里来玩，还是个女同学。院子里的人还是笑，等四平把女同学送走回来，一个邻居仍看着四平说："四平，又换了女朋友。"

四平说："什么换了女朋友，人家是我同学。"

另一个邻居说："四平你不老实，是就是嘛。"

四平说："我也希望是，可人家不是嘛。"

又一个邻居说："现在的年轻人就是有本事，换女朋友像换衣服一样。"

四平说："我不跟你们说了。"

这后来的一天。四平真带了个女朋友回来。院子里的人见了，还是笑，看着四平笑，也看着四平的女朋友笑。等四平送走女朋友回来，几个邻居一起看着四平说："四平，你真行啊，又带了个'同学'回来。"

四平笑笑，说："她是我女朋友。"

邻居说："这就对了，大胆承认就是嘛，找女朋友有什么不好意思的，还左一个同学右一个同学的，一点儿也不爽快。"

四平这回没说什么，只笑笑。

几个邻居中，有一个认得四平的女朋友。这后来的一天，这邻居碰见了四平的女朋友。打过招呼后，邻居神秘兮兮地看着四平的女朋友说："我跟你说一句话，但你千万不要在外面说我告诉你的。"

四平的女朋友一脸紧张。

邻居又说："我告诉你，四平这种人，不可靠，他可是女朋友一个接一个换。"

四平的女朋友脸变白了。

四平的女朋友便和四平断了，再不来了。

但四平还得找女朋友，当四平有一天又带着个女孩走进院子时，一伙邻居便互相挤眉弄眼了，还说："四平这家伙又换了女朋友了。"

# 演　出

　　我天天都要从抚州坐二路公交去上顿渡上班。这趟车很多人，尤其是早上上班时，人更多，车里总是人挤人。人多的地方，就会惹来小偷。几乎每天，我都看得见一些东张西望或者说贼眉鼠眼的人。也是每天，都有一些人大喊大叫着说他的钱包或者手机被偷了。很多人都去报过案，但好像没人来管这件事。

　　这天，我又上了车。人照例很多，我是中途上的车，坐不到座位，只能挨着别人站着。站了一会儿，我忽然看见一个个子很高的人说话了，这人拍了一下手，跟大家说："各位，我是区公安局的警察，我在这里提醒大家，注意扒手。"

　　车里所有的人都看着这个人，有一个人还开口说："你是警察，怎么没穿警服？"

　　那人说："我是便衣。"

　　我们听了，点点头。

　　在我们点过头后，这个便衣接着说："二路车上是不是有很多扒手？"

　　我跟着大家一起说："是。"

　　便衣说："所以，我在这里提醒大家，留心一点儿，别给小偷可乘之机。"

　　我们当中有人说："留心也没有用，这些小偷太猖狂了，有时候几乎是明抢。"

　　便衣说："别怕，今后我们几位警察会经常穿便衣来往在这条线上，我们相信，经过我们的共同努力，一定会打掉扒手的嚣张气焰。"

　　乘客中居然有人鼓起掌来。

　　这里掌声还没消失，车里忽然有些乱起来。我看到一个人（可能也是个便衣）扭住另一个人，只听这个便衣说："你真是胆大妄为，我们便衣在车上，你还敢偷？"

　　刚才那个高个子便衣迅速挤了过去，一起扭住那个扒手。

我当时在车里比较靠后的地方站着，我并没看见那扒手偷谁的东西。但听两个便衣左一句右一句说着，我明白了。那扒手用刀片割一个女人的包，正割着时，被边上的便衣看见了，于是扭住他。扭住扒手后，一个便衣就跟那个被割了包的女人说："我们要把这个扒手带到公安局去，你能不能跟我们去作个笔录？"

那女人回答说："不行，我要上班。"

便衣说："希望你能去一下，没有你的证明，我们处理不了他。"

女人说："我真的要上班。"

女人的话便引起了大家的不满，车里有人说："去一下吗，人家便衣也是为了你，不是便衣捉住这个扒手，也许你包里的东西都偷光了呢？"

一个人说的话更难听一些，这个人说："现在的人真是太麻木了，平时总抱怨车上的扒手太多了，没人管，现在有人管了，但让你作个证，却一副事不关己的样子。"

我觉得这人说得有理，我大声说："你应该去一下，不就是晚一点儿上班吗。"

女人就有些为难的样子，但还是点了点头。

看见女人点头，我们都说："对嘛，应该去作这个证。"

说着话时，车到站了。这站有好多人下车，包括两个便衣以及被他们扭住的那个扒手。当然，那个去作证的女人，也下车了。

车开动后，我无意摸了摸手机。忽然，我发现手机不见了。再摸，居然发现钱包也不见了。于是我大声叫起来说："我的手机和钱包怎么不见了呢？"

我这一叫，车上立即有人也叫起来："我的手机也不见了。"

天天坐车，车上的人都有些面熟，一个人跟我说："快拿我手机拨你手机的号，如果扒手还在车上，就听得到你手机的铃声。"

有人说："没用的，早被人家关机了。"

我不管有用没用，还是拨了我的手机。还好，我的手机没关机。但我也没在车上听到我手机的铃声。这就是说，偷我手机的人，已经不在车上了。

既然我的手机没关，我就一直把手机放在耳朵边，等着，看对方会不会接电话。没想到，对方居然接了。但还没等我开口，我就听到手机里说："我们的演出还成功吧！"

只说了这一句，对方就关机了。

再打，就是忙音了。

# 同流合污

老张一家三口人，每个月只用一吨水。小林到老张家抄水表，每次都皱眉。小林当老张的面不说什么，但在别人家抄水表时，小林一定会说，比如小林在李婷、吴凯、老黄、姗姗家抄表时就跟他们说："这个月老张家又是一吨水。"

李婷、吴凯、老黄、姗姗便说："妈的，这个老张太无聊了，又偷大家的水。"

小林说："这水怎么偷得了？"

李婷有一天便示范给小林看，李婷把水管拧开，但不是哗哗地放水，而是让水变成一根细细的线，从水管里漏出来。在水漏着时，李婷把水表打开，跟小林说："你看，让水这样细细地从水管里流出来，表就不会转，但如果多有几户人家这样漏，我们大家用的总表就会转，总表转了分表不转，总表上的水就会多出来，这多出来的水就要大家摊。"

小林明白了，说："难怪我们每个月都有好多过渡水。"

又一个月，小林抄表，发现老张家还是一吨水。小林又告诉了李婷、吴凯、老黄、姗姗他们，这回大家很气愤，李婷说："这老张太小气了。"

吴凯说："不是小气，是不要脸。"

老黄说："太不要脸了。"

姗姗说："见过不要脸的，但没见过这么不要脸的。"

不仅说，大家见了老张也没个好脸色，见了跟没见一样，不大睬他。姗姗甚至还当面做出厌恶的样子。

让人没想到的是，这个月，姗姗家也是一吨水。这姗姗爱干净，他家虽然也是三口人，但每个月用水都在八九吨甚至十吨左右。很明显，姗姗也漏水了或者偷水了。小林抄表时当然心知肚明，小林跟姗姗关系还好，跟她说："你这个月不正常哟。"

姗姗说："有什么不正常，我就用这么多水。"

小林说："不可能，绝对不可能。"

姗姗说："有什么不可能呀，这世上什么事都会发生，就像老张，一个大男人，却那么小气，他一个大男人都会做那样的事，我们就不能做呀。"

小林就不好说什么了。

大家也心知肚明，都说："没想到姗姗也这样小气。"

又说："这能省到多少钱呢？"

说着时姗姗来了，大家见了她，没给她好脸色。

一个月又过去了，这回，李婷家的水表也是一吨。抄表的小林当然知道婷婷做了什么，小林说："你也学他们呀？"

婷婷说："他们做得，我怎么就做不得？"

小林无语。

再一个月过去，吴凯、老黄家一个月同样只用了一吨水。小林抄表时挺难过的，小林说："连你们也这样呀？"

吴凯、老黄不理小林。

后来，院子里十户人家，除小林家用了八吨水外，其他人家全是一吨水。这样总共才抄到十七吨水，而总表上却有一百多吨水。小林知道，除了他之外，院子里的人全在漏水，也就是全在偷水。小林在抄表时摇头晃脑，跟他们说："你们怎么也这样？"

吴凯、老黄说："这样怎么啦？"

小林说："我觉得你们这样做不好。"

吴凯、老黄就凶着小林说："我们都不好，就你好。"

过后，大家见了小林也没个好脸色，见了跟没见一样，不大睬他。李婷甚至还当面做出厌恶的样子。

小林当然知道问题出在哪里，他不想让大家孤立，于是，这个月，他也开始漏水，漏了一个月，抄水表时，他家也是一吨水。

老张、李婷、吴凯、老黄、姗姗他们知道小林也是一吨水后很高兴，他们见了小林，老远就笑着，姗姗还大声喊着小林说："小林，吃了吗？没吃到我家吃。"

小林嘿嘿地笑。

# 跳　塔

　　有一个人，爬上了一座铁塔。这铁塔是以前电视台的发射塔，后来电视台搬走了，铁塔就成了一座闲塔。铁塔临街，那人一爬上去，就被人发现了，于是大家喊起来：

　　"你做什么？"

　　"快下来！"

　　一个人会往塔上爬，当然有原因。这人生活、爱情都受到了挫折，一时想不开，便爬上铁塔，想一跳了之。塔下的人不会无动于衷，他们仍喊着：

　　"你千万不要想不开呀。"

　　"这世上没有过不去的坎儿，你挺一挺，就过去了。"

　　这话还真有些效果，那人忽然就觉得自己还年轻，这样跳下去很不值。这样想过之后，那人抬了抬头。忽然，那人看见了蓝天白云，有一朵云，就飘在塔尖上。那人觉得一伸手，就可以把白云拉住。那人还真伸了伸手……在伸手的时候，那人忽然觉得这种站得高看得远的感觉真好。那人的心情，一下子好了一些。

　　后来，那人下来了。

　　但过了一天，那人又上去了。那人真的觉得在塔上看蓝天白云的感觉很好，他忽然喜欢上了那种站得高看得远的感觉。为此，他又上去了。下面当然有人看见了，他们又喊："你做什么，你千万不要想不开呀？"

　　那人低下头，看着下面的人说："谁说我想不开？"

　　下面的人说："那你爬上去做什么？"

　　那人说："爬上来看风景呀，你看，蓝天白云，多好看，我喜欢这种站得高看得远的感觉。"

　　那人又说："不信，你们爬上来看看。"

　　没人会爬上去，有人骂一句："发神经。"然后散开去。

　　以后，那人经常往塔上爬。有一段时间，甚至天天下午爬上去。开始的时候，还有人说一句："你做什么，你千万不要想不开呀？"那人总说："谁说我想不开呀？"又说："我爬上来看风景，你看，蓝天白云，多好看，我喜欢这种站得高看得远的感觉。"还说："不信，你们爬上来看看。"这话重复了很多次后，没人再过问他人。有人从塔下走过，最多抬头看一眼。到后来，从塔下走过的人甚至连头都不抬了。

这天，塔上有一个人。这人，不是那个天天爬塔的人，而是一个农民工。农民工大半年的工资都没领到，为此，他爬上了塔。农民工想，只要在塔上做出往下跳的样子，事情就会闹大，就会惊动公安，惊动政府。惊动了他们，他们就会来管，就会让包工头把工资给自己。但让农民没想到的是，他爬上塔后，居然没人大惊小怪。下面人来人往，但没人注意他。甚至，塔下的人连头也没抬。农民工怕人家不知道塔上有人，便喊起来："你们没看到吗？塔上有人。"

农民工还喊："我要跳塔。"

这回有人抬头，但也仅仅是看一眼，然后说："这人又发什么神经？"

说过，各走各的路，没睬他。

农民工就难受了，不仅难受，还伤心。他觉得城里人太冷漠了，太没有同情心了。农民工有些不甘心，他又大喊起来："你们城里人怎么这么冷漠？"

接着喊："我真要跳了。"

塔下的人又抬头，还说："这人今天真在发神经。"

农民工看见还是没人睬他，就绝望了。农民工在塔上流泪了，还哭，哭着时农民工大叫一声说："我真跳了——"

说完，农民工一纵身，从塔上跳了下来。

这回塔下的人吓了一跳，都说："天天不跳，怎么今天就跳了呢？"

说着，他们报警了。

 转　移

　　陈卫是单位的普通班干部，在单位那些同事眼中，这人十分差劲。

　　可以用事实来说话。

　　一是这人目中无人。

　　陈卫大学毕业，会写一点材料，因此，他便觉得自己十分了不起。单位那些人，没有谁他放在眼里，见了谁都眼睛往上翻，爱答不理的。不理人倒不是什么大错，问题是他还喜欢贬人家，张三不行，李四无用，王五难看，等等，谁的坏话他都说。这样做，便很差劲了，单位同事对他都有意见。

　　二是这人见钱眼开。

　　陈卫在办公室工作，单位有时候来了人，会让他去单位楼下的小店拿些烟和水果来招待客人。陈卫每次都会多记一些账，比如拿了一包烟、四斤桔子、两包瓜子，总共 36 块钱，陈卫必定会在小店里记 55 块钱的账，多有的钱，过后他会去拿东西。一次办公室主任去外地学习了半个月，办公室由他临时负责，结果他在楼下小店签了 3000 块钱的字。这数目太大了，办公室主任回来后一调查，才知道他把小店当银行，想钱用就去拿，拿了钱就签拿了某某东西。在单位楼下一家饭店，他也做同样的手脚，不时地到饭店去拿钱，然后签单，招待某某吃饭，也签了 3000 多块钱。调查清楚后，单位给了陈卫一个记过处分。

　　三是这人见色起心。

　　陈卫和单位一位临时工好上了，那临时工是个女人，很有几分姿色。陈卫经常趁妻子不在时带女人上楼。这单位不大，一楼、二楼办公，三至八楼住人。上楼的意思就是陈卫带女人回家鬼混。一天正在一起快活，陈卫的妻子回来了，这下抓了个正着。他妻子当即把女人扯了下楼，女人当时只穿了一条裤衩，一个胸罩，那尴尬可想而知。女人后来无脸见人，再没来上班。陈卫也觉得不好意思，在家躲了好几天，不敢见人。

　　这些事实足以证实陈卫是个很差劲的人，如果简单用好与坏来判断，那

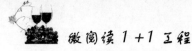

陈卫无疑是个坏人。事实上也是这样，单位的人一直认为陈卫是个坏人。

但这个坏人却要被提拔了。

一个人被提拔，决不意味着这人多么的出色。只要有人，有靠山，这人就可以被提拔，所谓"朝里有人好做官"就是这个道理。陈卫就是"朝里有人"，因此，他要被提拔了，提拔到局里当副局长。

在组织部下来考察前，陈卫单位的领导做起老好人来，他主动做起大家的工作，领导跟大家说陈卫这人是有缺点，而且缺点不少，但机会难得，陈卫有这么一次提拔的机会，我们可不能坏人家的事，上面来人考察，我们要尽量说好话，平时说说陈卫不好可以，关键时刻可不能乱说，以免误了人家的前程。单位的人也是这么考虑的，因此，当组织部门来人考察时，单位的人几乎都说了好话。有人还总结了若干点，一是陈卫政治上可靠，二是陈卫工作上踏实，三是陈卫作风上正派……总而言之，这时候，大家异口同声都说陈卫好，简直把他说得十全十美了。

偏偏有一个人不这么说。

这人叫李竟，他觉得这样信口雌黄胡说八道是对组织的不负责任。为此，当组织部门的人把他叫去谈话时，他如实向他们谈了陈卫的情况。他说，陈卫这人比较高傲，看不起人，还喜欢在背后说人长短，因而和同事关系比较紧张。二是陈卫这人有经济问题，曾经在楼下小店和饭店里乱拿钱，公款私用，被单位记过处分。三是陈卫这人作风不正派，跟单位一位临时工好，弄得妻子大吵大闹，影响特别不好。李竟的意见完全是事实，一点儿也没有添油加醋。组织部门还是很负责任的，他们明察暗访，证实了李竟反映的情况是真实的。为此，陈卫最后没有提拔上去。

但没有不透风的墙，不知怎么后来走漏了风声，单位的人都知道是李竟告了陈卫的状，才使得陈卫没有提拔上去。李竟原本是默默无闻的一个人，这下，李竟让人刮目相看了，不过，大家看他的眼睛有点儿怪怪的。私下里说起这事来，都对李竟不满，一个说："看不出李竟这么狠，关键时刻踢人下坑。"一个说："有可能他自己要上，才去后面捅陈卫一刀。"一个说："这样的人，以后要防着点儿，什么时候被他捅了一刀都不晓得。"

毫无疑问，在同事眼里，那个坏人变成李竟了。

# 门

我搬到新房后不久，对面一户人家也搬来了。听说那是一个领导，我对所有当官的都没有好感，觉得他们架子都很大，都目中无人。但对面这个领导不同，他确实有领导相，肥头大耳，大腹便便。但这个领导非常的谦和，他搬来的第二天开门出来，正碰上我也开了门出来，领导见了我，忙蹿过来握着我的手，还说："我叫牛西，以后我们就是邻居了。"

没想到这个叫牛西的领导这么热情，我有些受宠若惊了，说："我叫马东，以后请多关照。"

领导说："互相关照。"

这个叫牛西的领导以后每次见了我，都热情地打着招呼，有时候还过来握握我的手。领导很胖，手大脚粗，而我却很瘦，细手细脚的，我的手握在领导手里像一根干柴。领导肯定也是这种感觉，他跟我说："马东你怎么像非洲难民一样呢，要加强营养呀。"

我就有些感动了，觉得这个领导和别的领导不一样，特别和蔼可亲。

后来，我还觉得领导很大方。一次领导敲开了我的门，领导手里提着一大包东西，说："马东，这些金华火腿给你吃吧。"

我哪敢要，连忙摆手。但领导硬是进来把东西放了我桌上，领导说："不要客气，我也是人家送的，太多了，吃不掉都坏了。"我客厅里有面大镜子，领导说话时，镜子照着我们，领导看了看镜子，跟我说："马东你看看，你多瘦，跟我比起来相差太大了，你应该多吃点。"

我又是一副受宠若惊的样子，我说："不好意思，怎么好吃领导的东西。"

这样的事后来经常发生，一次领导提了一大挂鲜荔枝进来，也说别人送的荔枝太多，吃不掉，都烂了。还有一次领导提了一大包香菇进来，领导说这些人都烦死了，天天送这些东西来，我哪吃得了嘛。我再不推辞了，推也推不掉，我说一声谢谢，接下来。

领导说的没错，几乎天天都有人来给他送东西，我也经常看见这些人。他们有的提着东西，有的不提东西。有些人把领导的门敲开进都不进去，把东西往里一放，就走了。还有些人，连门都不敲，就把东西放在领导门外。也有人弄错了，把我家的门敲开了。我把门打开，看见人家手里大包小包，知道他们是来给领导送东西。我便指指对面，说领导住对面。一次不知是谁，也把东西放在门口，人却不知去向。我知道是送给领导的东西，便提了东西，敲开领导的门。领导见我手里提着东西，就说："马东你也来这套呀。"

我说："不是，是别人送领导的，但放错了放在我门口了。"

领导说："你拿去吃算了，烦都烦死了，送这些东西有什么用。"

领导这样说，我只好把东西提回来。

经常吃领导的东西，我有些不好意思了。有一天我也买了东西去送领导，我提着东西敲开领导的门时，领导说："又有人把东西放错了？"

我说："不是，这次是我送领导的。"

领导说："你送东西给我干什么？"

我说："我不是经常吃领导的东西吗，来而不往非君子也。"

领导听了，很高兴，说："好好，你的东西我收下。"

这后来的一天，领导跟我说："马东你就不想进步进步。"

我说："当然想。"

领导说："你既然想，那有机会我提携提携你。"

我说："谢谢领导。"

我确实也是很想进步的，一天，我敲开了领导的门，把一个装有两万块钱的信封给了领导，领导一看就知道是什么，说："马东你蛮聪明嘛。"

这以后不久，我就被提拔为单位的科长，没有一点儿前奏，让同事觉得莫名其妙。

过后我跟领导更好了，领导有时候有兴致，会喊我到他屋里喝上两杯。我呢，有时候也会喊领导来坐坐。一天又和领导在屋里喝着，墙上那面大镜子照着我们。领导看看镜子，跟我说："马东，你胖了很多。"

我也看看镜子，的确，我胖了。

领导又说："马东，我突然发现你像个人哩。"

我说："像谁？"

领导说："像我呀。"

我认真看了看，可不，我还真有些像领导。

那时候我们喝得半醉了，领导还要喝，但我屋里没酒了。领导就让我到他屋里去拿，领导说他屋里有茅台，在酒柜里。我就起身了，去拿酒。但才进去，几个人进来了，他们说："牛西同志，我们是纪检的，我们来宣布对你的双规决定。"

我说："你们搞错了，我不是牛西，我是马东。"

他们说："没想到你还这么幽默。"

我说："我真不是牛西，牛西在对面，你们走错了门。"

他们说："别玩花招了，我们知道你住这边。"

我说："那是我走错了门。"

他们说："我们没时间跟你开玩笑了，你不觉得现在很不适合开玩笑吗。"

说着，他们把我带走了。

以后的一天，也就是我判刑后的一天，有个人来看我。我觉得这个人很面熟，想了想，想起来了，他是领导，于是我问他说："你是牛西吗?"

他摇摇头，回答："我不是牛西。"

我说："那你是谁?"

他说："我是马东。"

我就呆了，说："你是马东，你怎么是马东呢，你是马东，我是谁?"

# 相　像

　　李县长去小溪乡检查工作，离小溪乡还有三四里的时候，车坏了，司机弄了半天，也没让车发动起来。李县长就让司机在那儿弄车，自己走着去小溪乡。走了大概一里多路，下起雨来。李县长那时走在一条乡间公路上，路边没有一个躲雨的地方，连树都没有一棵。他要躲雨，只有跑回去，躲在车里。但李县长没有这么做，他看见前面隐隐约约有村庄的样子，于是往前跑，要到那村庄躲雨。

　　前面确实有村庄，但蛮远，大概也有两里多路，而那场雨又很大，用"倾盆大雨"这几个字来形容是很恰当的。等李县长跑到那村里躲到人家屋檐下时，李县长浑身已经湿透了。那是早春，天还冷着。李县长在屋檐下躲雨时，呵欠连天，他冷着了。

　　屋里一个人，年纪跟李县长相仿，这人也姓李，叫李长根。李长根听到哈欠声，忙出来看，于是看见缩在门口的李县长。李长根当然不认识李县长，但他心好，见李县长一身湿透了，就跟李县长说："天这样冷，你这样一身湿，会冻坏的。"

　　李长根又说："要不，你到我屋里换身衣服吧，天很冷的。"

　　李县长那时冷得难受，有人叫他换衣服，他巴不得。他当即跟李长根进了屋，然后把衣服换了。

　　李县长身上带了手机，换好衣服，他要打司机的手机，让司机修好了车来接他。但拿出手机一看，手机也浸了水，根本打不出去。再问李长根家里装没装电话，李长根不好意思地笑笑，说没装。这样，李县长根本走不了，他只能在李长根家里待着。屋里还有两个女孩儿，一个小一点，七八岁的样子，一个略为大一些，十一二岁的样子，另外还有一个三十几岁的女人。显然，他们是李长根的女儿和女人。

　　从李县长换了衣服后，两个女孩便不停地看着李县长，也不停地看着她们的父亲李长根。那女人，也这样看着他们。李县长不知她们为什么看着自己，便过去摸摸那个小一点的女孩的头，问他说："你们怎么一直看着我。"

　　"你很像我爸爸。"女孩说。

　　"很像很像。"大一点的也接嘴。

那女人这时也开口说："是很像，简直像兄弟一样。"

这话一说过，李县长就看着李长根，李长根呢，也看着李县长。两个人看了一会儿，都看着女人问："真的很像吗？"

"去里屋照照镜子就知道了。"女人说。

两人便进里屋去，里面有一个大衣柜，上面有一块大镜子。两人对着镜子看了一会儿，笑着说："真的蛮像哩。"

过了一会儿，村里一个人来找李长根，这人一进来就看着李县长，也看着李长根。看了一会，这人跟李长根说："你兄弟吧。"

李长根说："是我兄弟。"

这人又说："还真像哩。"

李长根说："兄弟嘛，当然像。"

他们说着话时，李县长听到外面有汽车开来的响声，李县长忙跑出去。确实有一辆小车从远处开来，而且就是他李县长的车。李县长连忙招手，示意车停下来，那屋就在路边上，李县长站在门口招手，等于站在路边上招手。但车没停下来。呼啸着从李县长跟前开了过去。李长根这时也出来了，见李县长跟小车招手，就说："那些小车怎么会搭我们这样的人，省点儿力吧。"

李县长离开李长根家后，还一直记着这事。记得那个长得和他一样的人，有一回他跟司机提到了这事，他说："离小溪乡两三里有个村庄，我那天在那里躲雨，看见一个人跟我长得一模一样。"说过，李县长有点儿责怪司机的意思，李县长说："就是你车子抛锚的那天，你后来开车经过，我一个劲地招手，你就是不停。"

司机就有点不好意思了，解释说："我是看见一个人招手，但不知是你。"

这话后来李县长还说过几回，一回也去小溪乡，路上又说起这事，司机就说："真有那么像吗？我今天倒要去看看。"

到了那村，司机把车停了，然后司机跟了李县长往李长根屋里去。李长根在屋里，他女人和两个女儿也在屋里。但他们显然没有认出李县长，看了一会儿，开口说："你是？"

司机说："这是我们李县长。"

李长根和他女人就不自在了，两个女儿还怯怯的样子。李长根也有点怯场，嗫嚅着问："李县长找我们有事吗？"

"我们李县长说你长得跟他一样。"司机说。

"哪里的话，我怎么会长得像李县长呢。"李长根说。

司机没接着往下说，只把李县长拉了出来，到了车上，司机说："还说长得跟你一模一样，根本不像嘛。"

# 一个同学叫胡兵

张云年少的时候，十四岁那年吧，被人强暴过。那是个晚上，张云上完晚自习回家，在一条巷子里，一个差不多是老头的人捂着张云的嘴巴，把张云拉进了巷子里的一间房子里，然后便把张云强暴了。

这样的经历对张云来说是撕心裂骨的，张云有很长一段时间都伤心着，走出来抬不起头。但岁月无敌，任何事情过久了，都会淡忘。后来，张云长大了的时候，她差不多就把这事忘记了。

但在张云结婚的时候，这件淡忘的事情又清晰起来。当闹完新房的人走了，张云才想起自己不是处女。面对丈夫，她觉得应该把这事告诉他。张云真告诉了他，但撒了一个谎。张云告诉丈夫，她高中时谈过一次恋爱，因为什么都不懂，稀里糊涂在那个男同学家里睡了一晚。张云觉得这样说好听些，如果说被一个老头强暴了，听起来都让人觉得恶心。丈夫很大度，他说，你的过去对我并不重要，重要的是你的将来。但这样说过，丈夫还是问了一句："你那同学叫什么名字？"

"胡兵。"张云胡诌了一个名字。

丈夫记住了这个名字。

生活像流水一样过去，这流水是平静的，也就是说，张云的生活是平静的。但这平静的生活里有时候也会出现一些小小的纠葛，就像流水里会有小小的浪花一样。

这些纠葛都是因胡兵起的。

有一个电影明星也叫胡兵，丈夫发现，电视里出现胡兵的时候，张云会多看几眼。有一天丈夫便说："我发现你在电视里看见胡兵时，眼睛就直了。"

张云说："不会吧，在那些演员里，我最不喜欢的就是他。"

张云这样说，丈夫就觉得无话好说了。

张云喜欢玩，回来晚了，丈夫便问一句到哪儿了。张云说到同学家里。又回来晚了，丈夫仍问到哪儿了，张云仍说到同学家里。再回来晚了，丈夫还问到哪儿了，张云同样回答到同学家里。一次张云说完，丈夫盯着张云说："是到胡兵家里吧?"

"哪个胡兵?"张云说。张云不是装憨，她那天随口胡诌出一个胡兵来，过后就忘了。

丈夫说："哪个胡兵，那个跟你好过的同学呀。"

张云就伸了伸舌头，她没想到自己随口胡诌的一个名字，丈夫居然记在心里了。

张云后来就不再跟丈夫说在同学家里玩了。但张云不说，丈夫会说。张云有时候回来晚了，丈夫会突然问一句："是不是又到同学家里了?"

很显然，丈夫嘴里这个同学指的就是胡兵，张云再蠢，也听得出来。

这事后来还多次出现过，张云晚一点儿回来，丈夫就说又在同学家玩吧。张云就觉得丈夫过分了，张云有一次便说："你不是个男人。"

丈夫就委屈万分的样子，丈夫说："我还不是男人，我并没干涉你，只是问一问，换成别的男人，不闹翻天才怪哩。"

张云说："我不跟你说了。"

张云越不说，丈夫越觉得难受。

这天，张云的丈夫在街上走着，忽然听到一个人大声地喊："胡兵——胡兵——"

一个男人应了一声。

张云的丈夫急忙去看这个应声的男人，男人二十六七岁的样子，相貌英俊气宇轩昂，他怎么看怎么觉得这个人就是张云的同学。

那个男人和张云的丈夫往同一个方向走，张云的丈夫便不时地看着他，左一眼右一眼地看。这样子就引起男人的注意了，男人在张云的丈夫走近时忽然问了他一句："你一直看着我做什么?"

张云的丈夫说："我认识你。"

回来看见张云，丈夫说："我看见你那个同学了。"

张云这回真不知道丈夫说的这个同学是谁，张云说："哪个同学?"

丈夫说："胡兵呀。"

丈夫又说："你这个叫胡兵的同学长得还真不错，英俊潇洒一表人才，难怪你以前会跟他好。"

张云就觉得很无聊了，没睬丈夫。

丈夫没听到张云说话，就说："为什么不说话。"

张云就说话了："我现在真希望我有一个同学叫胡兵。"

丈夫听不懂这句话，丈夫说："你说什么呀，我怎么听不懂?"

# 牙　签

　　有一天我跟一个朋友去喝酒，我这朋友就不介绍了，因为他在这天只是一个不起眼的配角。酒桌上有十几个人，但有三个人一定要介绍，他们才是这天的主要角色。这三个人，一个是马总，这天是他请的客，朋友介绍说他是 XX 公司的老总，目前手里在做一个几千万的工程。朋友这么说，就让我对马总敬而远之了。本来马总让我坐在他旁边，朋友这样一介绍，我都不敢坐在这位千万富翁旁边了。那么有钱的一个人，我跟他的差距实在太大了。另一位是马总介绍的，马总叫他国字号，说他是国手。马总说他是踢足球的，但这位国字号矮矮小小的，根本不像踢足球的，倒像是体操运动员。另一位瘦瘦长长的，不可能是运动员。果然不是，马总介绍说他叫胡东。马总说到胡东时肃然起敬，马总说胡东的哥哥是省委领导，又说胡东帮了很多官员的忙，那些官员只要打通了胡东这层关系，就可以得到提升。在场的人听了，也对胡东肃然起敬了，才开始，就一起举了酒杯敬他。

　　上面我介绍的三个人，实在是很有意思。马总喜欢说话，他一直在不停地说着。他说他跟巩俐吃过饭，跟章子怡照过相，跟姜文是哥们儿，还跟 XX 名模有……说到这里，马总又不说了，卖关子。但我们都明白，他是说 XX 名模跟过他。那个国字号酒量不错，他一直在敬大家的酒，一杯又一杯，他说他最多时一个人喝了三十瓶啤酒。喝了酒就乱说话，他说他的国字号是花钱买的，其实他球踢得并不怎么地。他还说在中国只要有钱，没有什么做不到。马总听了，就接嘴，说那是一定的，只要有钱，就什么事都能办成。马总说着，又提到 XX 名模，说那么骄傲的一个女人，一看见钱，就找不到北了，他只花了一百万，就把她放到床上了。那个胡东更有意思，他几乎就没吃什么，即不吃菜，也不喝酒，当然话也很少。他只拿一根牙签在嘴里挖着什么，而且一直都这样。马总见他这样，就说，你看看你，不吃也不喝，只把一根牙签放嘴里，牙签又不能吃。马总随后动员大家去敬胡东，马总说谁想进步，谁就得敬胡东。在座的人都想进步，都端了酒杯过去。胡东还是不怎么喝，只象征性地往嘴里吸一点儿，然后又把牙签往嘴里一放。国字号坐在胡东旁边，国字号伸手去夺胡东手里的牙签，但牙签太小，无处下手。国字号后来就拍着胡东说，你看看你，你再吃牙签，你人都要变成牙签了。胡东听了，也不做声，冷冷地看着大家。

吃的差不多了，马总提议去唱歌。我的朋友这时出去了，等回来，就说他去把账结了。马总就说你看看你，这是我请客嘛，你干嘛抢着埋单呢？说着散了，去唱歌。在歌厅，一个人又抢着去埋单，马总这回没说什么，只和国字号在一旁边打电话，招了几个女孩来。几个女孩模样不错。国字号上去就揽着她们，看样子关系很熟。然后，国字号就不停地唱歌，哪个女孩唱，他都要跟着一起唱。不仅唱，话还多，嘴对着话筒说，声音很大。国字号跟一个女孩说你跟马总走近点儿，说不定哪天马总把你打造成巩俐。国手又跟另一个女孩说你也跟马总走近点儿，说不定哪天马总把你打造成章子怡。马总在这里话不多了，只搂着女孩跳舞。还是那个胡东古怪，在这里他仍然把一根牙签往嘴里一放。有水果端来，胡东的牙签可以派用场了，就是把一块东西瓜放嘴里去。一盘西瓜很快就吃完了，马总又让服务生再端了一盘来。胡东来都不拒，仍然一块一块把西瓜往嘴里放。大概到晚上十点半左右，胡东去了卫生间。这一去，我们就听到他天翻地覆的呕吐声。国手在唱歌，但呕吐声还是传了出来。马总就进去看。但很快，马总出来了，马总说不好了，胡东吃西瓜时，把牙签一起吃了进去，现在卡在喉咙里了。一伙人就扶了胡东往外走，要去医院。很快，我们出了歌厅，马总让国字号赶快找车。我一听，才知道他们没有车。我忙说我开了车来。马总说那好，就烦我送一下。然后马总又不停地打电话，大概是在联系医生。在打电话的间隙，马总跟我说他的车被人借了。国字号则说他喜欢喝酒，故意不开车来。胡东此时因为牙签卡在喉咙里，不能说话了。

很快到医院了，马总说他已经跟院长李晓东说好了，他马上过来。那时候差不多是晚上十一点了，马总看着我很愧疚的样子，说麻烦我了，让我和我的朋友回去。我因为第二天要参加一个会议，也真的想走。于是就让马总他们下了车。但马总下车后忽然伸手问我借钱，他说他身上刚好没放钱，让我借1000块钱给他。国字号插嘴说他皮包忘记带出来了。我不给就让人觉得小气了，身上刚好取了1000块钱稿费，我尽数给了马总。马总说我够朋友，并答应第二天把钱还给我。

第二天一早，我就去开会了。很凑巧的是，我边上坐的人刚好是院长李晓东。于是就说到昨天晚上的事，问他是不是帮人取了卡在喉咙里的牙签。李院长一无所知。我忽然就觉得这里面有问题了，好像，他们在演一场戏。

我到现在都没见到马总，当然也没见到那个国字号和胡东。我借他们的钱，也毫无下落。我还经常去喝酒，这时候我最怕看到牙签，一见到这东西，就觉得它哽在喉咙里。

# 下 岗

　　江平下岗很久了，也没找到工作。一天江平从县政府门口经过，有人告诉他今天是县长接待日。江平一冲动，就走进了设在县政府门口的接待室。在这里，江平真的见到了县长。江平是第一次看见县长这么大的人物，江平看见县长西装革履，风度翩翩。相比之下，穿一身褪了色的皱巴巴的衣裳的江平就显得难看了。在县长跟前，江平自惭形秽。

　　但既然进来了，江平还是要说话的。江平希望县政府多增加就业门路，解决下岗工人的就业问题。江平还说自己下岗很久了，也没找到工作。这是位新调来的县长，也是第一次公开接待市民，江平又是第一个被接待的人，江平自然很幸运，县长亲自帮他安排了工作。

　　说到江平的这项工作要多费几句口舌，这个县的县长办公室在县政府的三楼。县长、副县长以及办公室主任、副主任等都在这一层办公。在三楼的楼道口，有一个老同志，专门负责把守，不让外人随便进去。这个老同志在江平见到县长前两天不做了，空下一个位子，县长让江平把这位子补上了。

　　第二天，江平就坐在三楼的楼道口了。

　　这儿有一张桌子，江平坐在桌子前，有外面来的人要找县长、副县长，江平要仔细询问，然后还要打电话问办公室的人，让进不让进。江平很久没找到工作，现在有工作了，何况又是这么好的一个工作，江平当然很珍惜，对工作十分认真，也仔细，往往是再三再四地询问人家，不让进的，坚决拒之门外。

　　在这儿，江平天天看得见县长了。江平看见县长天天都穿得笔笔挺挺的，走起路来风度翩翩，让江平肃然起敬。见了县长，江平非常礼貌，坐着时总要站起来。当然，见到别人，也就是副县长、主任、副主任，江平也同样礼貌。江平觉得要把这项工作做下来，除了认真外，礼貌也是非常重要的。

　　果然，江平赢得了县长和其他人的好评。

这天，都十点多钟了，县长还要出去。到楼道口时，江平又站了起来，还说县长出去呀。县长对江平也很客气，点着头说去下面一个乡检查工作。

说着，县长下楼走了。

县长很快坐车往那个乡去，乡下路不好，走了还不到一半路，车抛锚了，司机怎么也没办法把车开走。县长开始坐在车里，坐久了，就下来了。离那儿两三里的地方，有一个村庄，县长想多到下面了解一些工作，就跟司机打了声招呼，往那个村走去。走了有一半路，忽然下起雨来，是那种倾盆大雨，路边又没一个躲雨的地方，县长只能往前面那个村庄跑，但雨太大，等县长跑到那个村，已经淋得一身湿了。

那时候是早春，天气还冷得很，县长冷得浑身哆嗦。幸好县长到过这个村，有人认得他，见县长淋得一身湿，忙喊县长去换衣服。

那是一身皱巴巴的衣服，县长看看自己一副狼狈相，觉得再不能去乡里检查了。

县长随后打电话让司机把车开来接他回去，但司机说车还发不动。边上一个小伙，在县长打了电话后自告奋勇要骑摩托送县长回去。县长想想也行，就同意了。

小伙把县长送到了县政府的大门口。

县长调来不久，家还没来，暂时住在宾馆里。当然，办公室也放了一张床。他的衣服宾馆有，办公室也有，县长决定还是直接去办公室换衣服。但走到三楼，江平把县长拦住了，江平说："你找谁？"

县长说："我是李县长。"

江平听了，就一脸严厉了，说："胡说八道，李县长是你这个样子。"

县长说："老江，我真是李县长。"

江平说："你这人是不是有毛病呀，李县长我还不认识，你居然敢在这里冒充他。"

江平这句话便让县长很恼怒了，县长说："江平，你把眼睛睁大看看我是谁？"

江平说："我管你是谁，去去去。"

县长就不睬江平，竟直往里面去，但江平过来把他往外推。江平个子大，他一用劲，居然把县长推得歪歪倒倒。

那时候已经十二点多了，人都下班了，三楼没人，江平一副气势汹汹的样子，口口声声说："你走不走，不走，我叫人把你铐起来。"

县长就骂了一句："江平你他妈的王八蛋。"

然后下楼走了。

县长很快就从宾馆换好衣服回来了，这时的县长又是西装革履，风度翩翩了。江平见了县长，满脸堆笑，还上前讨好地说："李县长，刚才还有人冒充你。"

县长没有笑，只冷冷地说了一句："从明天起，你不要来这儿上班了。"

江平又下岗了。

# 夜 行 衣

黑暗里，他踢到一个包。

他是在上自己家楼道时踢到包的，当时他上了二楼，正要往自家三楼去时，脚下踢到一个包，一个软软的包。他手里拿着手机，他按一个键，手机亮了。借着手机的光亮，他看清是一个军用书包。看清这样一个包后，他上下看看，楼道里悄无声息，没有一个人。于是他迅速拾起包，然后快步走到自家门前，开门进去了。

开了灯后，他打开了包，结果让他有些失望。包里是一套夜行衣，包括头套，另外就是还有一把刀子。刀子寒光闪闪，但拿在手里，却轻飘飘的。用手一扳，弯了，原来是把塑料刀。他不知道什么人会把这套行头丢在这里，大概，是一个什么人到楼里行窃，还没用上这套行头，就得手了，然后把这套行头丢了。这东西对他没什么用，他把衣服塞回书包，打算丢回去，但要塞那个头套时，他出于好奇，竟然把头套戴在了头上。这一戴，他整个人就面目全非了。他在镜子里只看见自己一双眼睛，其他什么也看不见。他立即觉得自己这种样子好笑，他真的笑了起来，当然，他看不到自己笑，他只感觉到自己在笑。笑过，他忽然想穿那套夜行衣了，他先穿上衣服，然后穿上裤子。穿好，他就看到一个一身乌黑的很精干的人，他辨别不出这个人是谁。边上还有一把刀子，他拿在手里，然后晃来晃去。这样，镜子里这个人就像个歹徒了。

接下来，他关了灯，在房间里蹿来蹿去。黑暗里，他觉得自己像个贼一样。这样在屋里蹿来蹿去了一会儿，他忽然开了房门，出去了。

楼道里漆黑一片。

他迅速走下楼去，在二楼，他踩到二楼门口一户人家的鞋。二楼这户人家总是把鞋脱得到处都是，平时，他总是看好位子下脚，怕踩到他们的鞋。但这会，他脚一用劲，把鞋踢到楼下去了。

接着他下了楼。

外面当然比楼道里亮一些，但也还是黑暗黑暗的，他就在黑暗里蹿来蹿去。忽然，有个人来了，他急忙闪身躲在一辆摩托后面。来人并没看到摩托后面有人，款款地走了上楼。等那人上了楼，他站了起来。他又想蹿开去，但忽然，他看清这辆摩托是六楼一户人家的，这人家太嚣张，总是把摩托堵在楼道里，有好几回，他都被摩托磕磕碰碰弄痛了脚。那时候，他很想发泄一下，比如放了摩托的气，但他觉得自己是谦谦君子，做这样的事太没意思。但现在不同了，他穿着夜行衣，感觉自己就是个贼或者贼头贼脑的人。他觉得自己可以随心所欲地做自己想做的事了。这样一想，他立即拿出钥匙来，然后摸到摩托轮胎的气孔，用钥匙尖往里顶，这一顶，气就呼呼地出来了。当然，放气时有声音，但他很警惕，到处看着，只要见到人，他就会住手，然后闪开。但放气时一直没人，除了放气的声音，没见人来。

放完气，他又蹿开了。

这回他蹿到一辆汽车跟前。

他也是有汽车的人，虽然车不是很好，但也算有车族。但让他生气的是，他的车买来不久，两只车轮的灰盖就被人偷了。他也想偷回来，但不敢。现在，他穿了夜行衣，戴着头套，他知道这样的行头在夜里很难让人发现，就是发现了，也认不出是他。既然没人认得出他，他什么都敢做了。他当即蹲下来，用力一拨，就拨下了一只灰盖。接着，他又拨下了一只。按说，拨下两只灰盖，他应该装在自己的车轮上，但他想了想，觉得不妥。天一亮，车主一眼就能认出来，这样就惹麻烦了。这样想着，他把灰盖扔了，看着灰盖像飞蝶一样飞远了，他很开心。

把两只灰盖扔走后，他又拿出了钥匙。他记得自己的车买来还不到半个月，就被人家划了，当时他心疼得要死。现在，他觉得也应该让别人心疼心疼。于是，他用钥匙在车上用力划了几下。划着时，忽然听到有人来了，他一惊，赶紧蹿开来。

真的是有人来了，但是一个女人，就住在他楼上。这女人离婚了，或许是单身的原因，女人平时很高傲，不大理人，哪怕他们住在楼上楼下，女人见了他，也只点点头，最多微微笑一下，从不多说一句话。但女人相当漂亮，他见了，总是想入非非。此刻，看着女人走近，他又想入非非了。而且，身上的夜行衣又给了他胆量。他跟在女人后面，悄无声息。女人根本不知道后面有人跟着，她进了楼道，又走到自家门前，然后开门进去。但就在女人进了门要关门的刹那，那蹿了进去，并用手捂住了女人的嘴，还变着声音说："不要叫，叫我杀了你。"

女人真的不敢叫。

女人虽然不敢叫，但身子挨着墙，还是把灯弄亮了。灯亮的刹那，他有些害怕，但随即，他一点儿也不害怕了，他知道自己戴着头套，穿着夜行衣，女人认不出他是谁。女人果然没认出他来，女人看见他手里拿着刀，便说："千万莫动刀。"

他凶着说："那把衣服脱了。"

女人非常听话。

得手后，他迅速离开了。

第二天，他下楼时看见了女人，女人像什么事也没发生一样，仍然看着他点点头，还微微笑一下。倒是那辆车子的主人在发怒，他们夫妻都在，男人大骂着说："哪个王八蛋划了我的车?"而女人则大声跟男人说："骂有什么用，赶快报案。"

# 借钱二记

## 一

一个朋友打来电话，说："李东，最近我在装修房子，手上紧，想跟你借一万块钱。"

他最怕朋友借钱，犹豫了好一会儿，跟朋友说："我手上也紧，拿不出那么多钱。"

朋友说："你男大女了，工资又高，你手上紧，那这世上就没人有钱了。"

他说："真的，最近我也买了房子，手上确实紧。"

朋友说："越有钱的人越小气。"

说完，朋友把电话挂了。

朋友跟他关系还好，他在朋友挂了后觉得这钱不借那就得罪朋友了，或者说就失去这个朋友了。他不想失去这个朋友，于是他打了朋友的电话，他说："手上确实有点紧，这样吧，我借给你三千，你不要嫌少哦。"

朋友说："就不能多点儿。"

他说："手上真的很紧。"

随后，他让妻子取了三千块钱，给朋友送了过去。朋友虽然觉得少了点儿，但还是很高兴，答应三个月之内还钱给他。

但三个月过了，朋友没还钱。

朋友倒记得要还钱给他，在三个月后打电话跟他说："李东呀，手上紧，你那三千块钱缓一些日子还你。"

他说："没事。"

又过了三个月，朋友也没还钱，但还记得借了他的钱，有时候碰到他，做出不好意思的样子，说："年底一定还钱给你。"

他说："可以。"

问题是，到了年底，朋友仍没还钱，但依然记得借了他的钱，又打电话跟他说："再缓两个月吧，到时绝对还钱给你。"

他说："好的。"

但两个月后，朋友还没有把钱还给他。

他以前跟朋友是很好的那种关系，经常在一起吃饭，也经常一起唱歌，有时候还会一起开车到乡下玩。但朋友借了他的钱后，他们很少联系了。有一次有饭局，他打电话让朋友来，但朋友没来，说他在外地。他不知道朋友是不是推脱，反正有好久，他都没跟朋友吃过饭，唱过歌，更没一起结伴出去过了。

后来有好久，大概有几年吧，他都没见到过朋友，朋友也没把那3000块钱还给他。有一天，他妻子忽然想到有一个朋友借过他3000块钱，于是问他说："有一个朋友借了你3000块钱，他还了吗？"

他想了半天，回答说："借钱，有人借过我钱吗？"

## 二

还有一个人也借过他钱，这是个女人。女人丈夫身体不好，花了很多钱给丈夫治病。有一天，女人找到他，吞吞吐吐半天后，女人开口说："李东，我想跟你借两万块钱。"

他吓了一跳，说："你借两万块钱做什么？"

女人说："你知道，我家里有个病鬼，最近他要做手术，我实在拿不出那么多钱，才想向你借。"

他说："我也拿不出那么多。"

女人说："你不痛快。"

他说："真的，我也刚装修了房子。"

女人说："那借一万，总可以吧。"

他不好再推托了。

把钱给女人时，女人很感动，说："我就知道你人好。"

一般的状况是借了人家的钱，如果没及时还，关系就远了。女人不同，女人借了钱后，关系跟他反而近了，女人经常来找他，有时候找他吃饭，有时候跟他去唱歌。唱歌时，女人总跟他对唱，跳舞时，还会贴着他。一起玩的朋友，看出女人对他好，有人私下里跟他说："女人喜欢你。"

他说："哪能呢？"

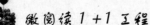

他其实也看出女人喜欢自己，但他不想跟女人好。他知道，一旦跟女人有什么，那一万块钱就回不来了。为此，他在女人对自己好时，总时保持距离。但这样，女人仍然没把钱还给他。半年过去了，女人没还钱。一年过去了，女人仍然没还钱。他看女人丈夫还是那样病恹恹的，就知道女人还不出钱了。这天，一个朋友又请吃饭，女人也去了。女人什么时候看见他在，总坐在他边上。女人这天依然对他很好，不停地跟他敬酒。后来，他就喝多了，是女人把他扶回家的。那天恰巧他妻子出差了，他稀里糊涂跟女人上了床。

第二天清醒后，他知道那一万块钱女人不会还了。

果然，女人后来没再提还钱的事，他当然也不好意思问。但有一天，他又喝醉了，打了女人的电话，他跟女人说："你借我那一万块钱什么时候还呀？"

女人说："借你的钱，我借过你的钱吗？"

不仅如此，有一天，女人又找上门来，女人说："李东，我想跟你借两万块钱。"

这回，他吓得半天不敢做声。

# 隐　私

　　有几个人，常聚在一起喝酒。几个人里，除一个是普通干部外，其余几个都是科级干部。一天，几个人又聚在一起。为了叙述方便，在此，我们姑且叫他们 ABCD 吧。ABCD 酒一下肚，说话就无遮无拦了。A 喷着酒气，看着其他几个说："今天我们敞开心怀，说说大家是怎么提拔上来的。"

　　几个人说："好，但既然你先提议，就你先说吧。"

　　A 说："说就说，我告诉你们，要得到提拔其实不难，只要掌握领导一些隐私就很容易得到提拔。"

　　B 说："不错，哪个当官的都有隐私，而且官越大，隐私越多，谁掌握了他们的隐私，谁就会得到提拔。"

　　A 说："真的不错，我就是这样被提上来的。"

　　A 说："一次我去一个同事家里，那同事是个女人，推门进去，竟看见她和一个领导赤身裸体睡在一起。"

　　A 说："过后，那领导对我特别好，没多久，就把我提了上来。"

　　B 笑笑，接嘴了。

　　B 说："你家伙把人家捉奸在床，他不提你提谁。我没捉奸在床，但照样得到提拔。"

　　B 说："有一天，我看见一个领导带着一个女孩在千金坡挽着手走，这女孩很小，完全可以做领导的女儿。"

　　B 说："过后，我看见领导，总瞪着他，让他心里发毛。有一天领导找到我，让我不要在外面乱说。我说傻子才在外面乱说，我还要靠领导栽培嘛。"

　　B 说："不久，我就提了，真他妈的快。"

　　C 也笑，也接嘴。

　　C 说："你们一个捉奸在床，一个看见他们挽着手，我呢，只看见领导和一个女人在街上走，就作成文章了。"

　　C 说："看见领导跟那个女人在一起走过后，我见了领导，就跟他说今天看见你和一个女人走在一起。又说你们蛮亲热嘛。还说那女人特漂亮。"

C 说："领导当时就在我身上拍了拍，亲热得很。"

C 说："很快，我就提了。"

说完，ABC 一起看着 D，跟他说："该你说了。"

D 低着头说："我有什么好说，我还是百姓一个呀。"

ABC 几个忽然想起了这个问题，于是他们同情起 D 来，还帮他出主意，告诉他说："你留点儿心，也掌握一点领导的隐私，就能提起来。"

D 说："要是掌握不到呢？"

ABC 回答："那只好送钱了，听说送三万块就可以弄个科长当当，你送三万块钱吧。"

D 点点头说："也只有这样了。"

大约两个月或三个月后，D 就提起来了，也当了科长。D 高兴，一个电话，把 ABC 几个人喊了来。但四个人里，除 D 开心外，其他 ABC 几个都不开心。A 酒一下肚，就骂起娘来，A 说："妈的倒霉。"

B 说："你也遇到倒霉的事呀，妈的，我也碰到一件倒霉的事。"

C 说："我们大家看样子是同病相怜了，我也碰到一件倒霉的事。"

D 说："你们碰到什么倒霉的事？"

A 说："妈的，一个人打电话给我，说知道我很多隐私，让我送一万块钱过去，不然，他就去告我。"

B 说："我也是这样，一个人电话打来，也说知道我很多事，让我送一万块钱给他，不然，也去告我。"

C 说："怎么我们碰到一样的事，我的情况和你们一模一样。"

D 说："你们也真是，一个电话就把钱送给人家做什么？"

A 说："谁没有见不得人的事呢，还是破财消灾拉倒。"

另两个人点头。

两个人点完头，看着 D 说："我们都倒霉，就你好运，说说看，你怎么这么快就提了起来。"

D 看看这个，又看看那个，还笑了笑，然后说：

"有几个傻瓜送给我三万块钱，我用这三万块钱买了个官当。"

# 爬上一幅画

画家画了一幅巨大的画，画面是一座铁塔，一个人，往铁塔上爬。画的下面有一行字，是这样写的：关心关爱农民工，不要让他们往铁塔上爬！

这是幅宣传画，竖在广场上。画画得很逼真，刚画好时，竟以假乱真蒙蔽了许多人。这许多人往画下面或者说他们往铁塔下走过，都仰着头看，都说："有人在爬塔。"

又说："下来，危险——"

还说："爬塔也不能解决问题，下来好好说。"

画家经常到广场上来，这么多人被蒙蔽了，说明他的画画得像，画得逼真。画家为此很得意，他总笑着跟人说："哪里有人往上爬，那是一幅宣传画。"

众人一看，果然是一幅画，于是众人赞起画来，都说："真的是一幅画哩。"

又说："画的很像，真的很像。"

那段时间，每天很多从铁塔下走过的人都会说："有人在爬塔。"

又说："下来，危险——"

还说："爬塔也不能解决问题，下来好好说。"

画家只要在广场上，就很高兴。他也是总跟人家说："哪里有人往上爬，那是一幅宣传画。"

众人一看，果然是一幅画，于是众人赞起画来，都说："真的是一幅画哩。"

又说："画的很像，真的很像。"

画家真的很高兴，笑了。

但画家没有高兴很久，就愁起来。发愁的原因也因为这幅画。这幅画是画家受一家单位委托而画的。画家也是从农村来的，说他是打工仔也可以。他在城里开了一家小公司，常在外面接一些业务做。一家单位要竖一幅公益画，他们找到了画家。但那单位没给钱，只让画家垫资先做。画家接业务不容易，同意先垫资。这是一幅巨大的画，高二十米。二十米的一幅画竖起来不容易，要用角铁先焊起一座铁架，然后把画贴上去。为这幅画，画家先后垫资30万，时间花了三个月，才使画立起在广场上。画立起来后，画家去结账，画家跟他们说："画立起来了，效果很好。"

那单位的人说："你说好有什么用，我们看过后觉得好才算数。"

画家说："你们去看呀。"

那单位的人当然去了，他们在广场上，也听到有人说："有人在爬塔。"

又说："下来，危险——"

还说："爬塔也不能解决问题，下来好好说。"

那单位的人听了，就满意了，他们也说："哪里有人往上爬，那是一幅宣传画。"

又说："画这幅画的目的就是为了让我们大家都来关心农民工。"

说着，他们走了。

画家以为可以拿到钱了，但没有，他们跟画家说："等等，等等吧。"

这一等就是很长时间，三个月，半年，一年，他们都没把钱给画家。画家每次去找他们，他们都跟画家说："单位资金紧，再等等吧。"

画家后来天天去要钱，开始，他们仍说等。后来，就不理他了。再后来，画家见都见不到他们。画家去那单位找人，保安不让他进去。画家在那儿和保安吵了几次，没有任何结果。后来的一天，画家气极了，画家想你不把钱给我，我就爬到我画的画上去，看你给不给。这一天，画家在再次被保安挡在门外后，真的来到广场，爬上了自己画的画上了。

那时候是傍晚，广场上人很多，画家以为自己一爬上来，就会引起轰动，就会让无数人抬着头看他，然后说："你下来，危险——"

又说："爬塔也不能解决问题，下来好好说。"

画家想只要引起轰动，问题就会得到解决，他就可以拿到钱。但让画家没有想到的是，他从画后面的铁架子上爬到画的最上面，一只脚跨在画上，但老半天，下面没一个人做声，更别说引起轰动。

其实下面的人看到他了，但那时候天色昏暗，没人看清画上真的扒着一个人。有人看见了，但以为还是画上那个人。这幅画竖这儿很久了，没人再对画大惊小怪。

画家在上面待了一会儿，见没有任何反应，悄悄爬了下来。

# 患　者

　　患者住在我开的诊所附近，以前也来看过病，头痛感冒之类。多看了几次，就跟我熟起来，来来去去从我诊所门口走过，会跟我点点头，打个招呼。一次打过招呼，患者进来了。我诊所里有人，患者看看那些人，出去了。过了一天，患者又进来了，诊所里也有人，患者也看看那些人，还是出去了。患者再一次进来时，我诊所里仍有人，患者这次没走，在一张凳子上坐了下来。我估计他有事，我看看他，问他说，你有什么事。患者笑笑，说没什么事，来看看。随后，患者一直坐那儿，直到诊所里的人走光了，患者才把凳子移到我跟前来，然后小声说："医生，我想跟你咨询一件事。"

　　我说："你说吧。"

　　患者说："我——我——"患者有点儿不好意思地样子。

　　我说："别不好意思，我是医生。"

　　患者点点头，犹豫了一会儿，跟我说："我觉得我这一向都很疲软，我才四十岁，怎么会这样呢？"

　　患者又说："你一定要帮帮我。"

　　我说："不要担心，这种状况并不少见，吃些药就能恢复。"

　　患者说："吃什么药好？"

　　我说："这种药多得很，伟哥、卞宝藏都可以。"

　　患者摇摇头，看着我说："我不想吃这种药，听说这种药是让身体提前支取，吃了后就离不开。我想吃些中药，着重补肾，你看有没有这种药。"

　　我点点头，我说："补肾的药很多，当归、蜈蚣、枸杞子、锁阳、细辛都可以补肾，但这些药我这里没有，你要到外面去买。"

　　患者说："你给我一个处方就可以，我自己去买药。"

　　我说："晚上我帮你找个方子，你明天来拿。"

　　患者说："好哩，那麻烦你了。"

　　患者说着，"脸上有了些笑意，轻松地走了。"

但第二天患者没来，第三天、第四天患者也没来。直到一个礼拜后，患者才出现在我诊所门口。患者的精神状态很不好，人整个瘦了一圈。他从门口走过时，只跟我点了点头，没进来。我还记得他上次托我办的事，见他没进来，我喊住他，我说："你上次要的处方我给你拿来了。"

患者摇摇头，走近我说："谢谢你了方医生，那处方对我没什么用了，我现在是生是死都不知道，还会想那玩意儿么。"

我看着患者，"有些吃惊。"

患者说："我倒霉，查到胃里有肿块，说白了，就是检查到有那种病，明天我就要去上海治病。"

患者又说："方医生，你说这种病能治好吗？"

我点点头，我说："能治好，但精神状态很重要，我觉得你负担很重。"

患者叹一声，跟我说："得了这种病，还不是等死，怎么轻松得起来呢。"

说着，患者快快而去。

大概十天后，我又看见患者了。患者这回状态好极了，满面笑容，人也比上次胖了。走到我诊所门口时，患者大声喊了我一句方医生。我有些奇怪，问他说："你不是到上海去了吗，怎么这么快就回来了？"

患者说："妈的，市里那些医生全是饭桶，根本没那么回事，到上海一检查，哪有什么肿块。"

患者又说："妈的，吓得我半死。"

说着，患者面带笑容地走了。

此后，患者几乎每天都从我诊所门口走过。每次，患者都跟我点点头，打个招呼。一次打过招呼，患者进来了。我诊所里有人，患者看看那些人，出去了。过了一天，患者又进来了，诊所里也有人，患者又看看那些人，还是出去了。患者再一次进来时，我诊所里仍有人，但患者这次没走，在一张凳子上坐下，直到诊所里的人走光了，患者才把凳子移到我跟前来，然后小声说："方医生，很不好意思，我——"

我说："你说吧。"

患者说："我——我——我还是疲软，好像还不如以前，我才四十岁呀。"

患者又说："你一定要帮帮我。"

# 物归原主

街边放着一辆自行车，一辆山地车，九成新。一个人走了过来，一个瘦子，这瘦子不停地在口袋里搜着，显然，他在找自行车钥匙。街边有人，都看着他。瘦子也看着街边那些人，嘴里不停地说："钥匙呢，钥匙怎么不见了。"

瘦子还说："钥匙肯定丢了。"

说着话，瘦子不找了，用手提起自行车后轮，推着前轮走。

路边的人都看着他，但没人做声。

瘦子推了大概十几米，忽然一个人拦住他，这人个矮，是个矮子，矮子说："站住。"

瘦子说："做什么？"

矮子说："你为什么这样推着自行车走？"

瘦子说："钥匙丢了。"

矮子说："我看不是。"

瘦子说："是不是关你什么事，你管得着吗？"

矮子说："我就管得着。"

瘦子说："你是干什么的？"

矮子说："巡逻大队的。"

矮子又说："看你鬼鬼祟祟的样子，这车一定不是你的。"

矮子还说："这车一定是你偷的，你跟我走。"

矮子说着，伸手去抓瘦子。瘦子见矮子把手伸过来，忙把手里的自行车往矮子跟前一推，然后撒腿就跑。

矮子没追，矮子扶起自行车，也像刚才瘦子那样用手提起自行车后轮，推着前轮走。

推了大概十几二十米，一个人又拦住了矮子。这人很胖，是个胖子，胖子说："你站住。"

矮子说："做什么？"

胖子说："你为什么这样推着自行车走。"

矮子说："钥匙丢了。"

胖子说："我看不是。"

矮子说："是不是关你什么事，你管得着么？"

胖子说："我就管得着。"

矮子说："你是干什么的？"

胖子说："公安局的。"

胖子又说："看你鬼鬼祟祟的样子，这车一定不是你的。"

胖子还说："这车一定是你偷的，你跟我走。"

胖子说着，伸手去抓矮子。矮子见胖子把手伸过来，忙把手里的自行车往胖子跟前一推，然后撒腿就跑。

胖子没追，胖子扶起自行车，仍像刚才胖子那样用手提起自行车后轮，推着前轮走。

推了大概十几二十米，一个人又拦住了胖子。

这是个后生，很年轻，后生说："你站住。"

胖子说："做什么？"

后生说："你为什么这样推着自行车走？"

胖子说："钥匙丢了。"

后生说："我看不是。"

胖子说："是不是关你什么事？"

后生说："这是我的自行车，怎么不关我的事。"

胖子说："凭什么说这是你的车？"

后生说："这就是我的车，你一定是偷车贼，走，跟我去派出所。"

后生说着，伸手去抓胖子。胖子见后生把手伸过来，忙把手里的自行车往后生跟前一推，然后撒腿就跑。

后生没追，后生扶起自行车，伸手从口袋里掏出钥匙来。

"咔嚓"一声开了锁，后生把车骑走了。

# 有钱的村庄

老人搁下饭碗，便出来了。老人出门不是去做事，他只是在村里走走。老人现在不要做什么了。老人以前有几亩地，但儿子把它租给了别人。老人现在真正是想清福的时候了，什么事也不要做。走在村里，不时地有人打招呼说吃过了么。老人说吃过了。又有人说出来走走呀。老人说走走。说着话，老人就走了出村，往一条堤上去。那村子靠河，河边有堤，老人通常在村里转一圈，然后走上堤去。堤上有棵树，一棵樟树，树不大，但像老人一样，也很老了，树干粗粝，有一截还空了心。老人走到树下，就不再走了，在树下站着。

站在树下，老人总是先往村里看。每回往村里看，老人都觉得村子变了，村子不像村子，像个小城镇，到处都是新房子，有三层的，也有四层的。老人就住在一幢三层的房子里，是几个儿子做给老人住的。几个儿子都赚到了钱，人一有钱，也懂得孝顺了。为此，老人能住上三层的洋房子。在老人的记忆里，这样的房子是城里人住的。

往村里看了一会，老人就返转身，坐在树下。现在，老人眼里是一条宽宽绰绰的大河了。河里有船，那种装沙的大机帆船，走起来突突地响。河里还有渡船，撑人过渡的小划子，撑着人来来去去。有好长一段时间，老人会看着这些。但看久了，老人就困了，老人于是迷糊起来，头一栽一栽地打着瞌睡。

在老人迷糊的时候，一个过了渡的人走了过来。这人也老了，但没有老人老。这人走近老人时开口说："你们村真有钱。"

老人虽然迷糊，但还是接了嘴，而且很谦虚，老人说："哪里。"

这人又说："你们村尽是好房子，像城里一样。"

老人说："倒有点儿像。"

这人再说："水涨船高，这几年你们村越来越富，看样子还会更有钱。"

老人说："那就好。"

这个人还说了一句什么话，但老人太困了，他没听清人家说什么，也没接嘴。

大概十几分钟后，老人从瞌睡中醒来。老人还记得那人说的话，但老人明显出现了错觉，明明是十几分钟前说的话，但老人却觉得是刚才说的话。老人还觉得说话的人就在眼前。老人睁开眼，要看看那个跟他说话的人。

但老人根本没看到这个人。

老人当然看不到那个人，人家已经走了十多分钟了，走得无踪无影了。老人没看到那人，大吃了一惊，完全清醒了。老人四处看看，没看到有人，一个人也没有。老人便了一声，跟自己说："怪事怪事，刚刚跟我说话，怎么就不见了人呢？"

随后，老人往村里走去。老人见了一个人，就说："刚才看见一个人，他说我们村有钱，说我们村的房子跟城里的房子一样，说我们村还会更有钱。但话才说完，这人倏地就不见了。"又看见一个人，老人也这样说："刚才看见一个人，他说我们村有钱，说我们村的房子跟城里的房子一样，说我们村还会更有钱。但话才说完，这人倏地就不见了。"还看见一个人，老人也这样说："刚才看见一个人，他说我们村有钱，说我们村的房子跟城里的房子一样，说我们村还会更有钱，但话才说完，这人倏地就不见了。"

老人这天一直在村里说着这些话，一个更老的老人，听了后迷惑地说："那人怎么会倏地不见了呢？"

老人说："我也不知道。"

更老的老人说："那人是神仙吧，只有神仙才会倏地不见了。"

老人说："不错，一定是神仙，要不然，跟我说的好好的，怎么倏地就不见了呢？"

他们边上围了好多人，这些人一起说："不错，一定是神仙。"

那个更老的老人说："我们村几辈子都穷，现在富了，一定是神仙保佑的。"说着，老人忽然跪了下来，合着双手往河那边拜，嘴里说："神仙你还要保佑我们村呀，保佑我们风调雨顺。"

其他人也一起跪下了。

更老的老人和老人后来提议在河边修一座庙，供奉那位神仙。这提议立即得到全村人的赞成，大家很快凑了钱，塑了神像，盖了庙。

一尊神就这样造就了。

天天都有人来烧香拜神，香火旺得很。

# 三木偷情

　　三木的小姨子来了，三木的小姨子叫叶子，名字好听，人也长得很好看。三木觉得用清纯漂亮来形容小姨子比较恰当。相比之下，三木的老婆就差多了。其实，三木的老婆和她妹妹叶子长相差不多，身材也没有太大的差别。但三木觉得老婆很俗气，三木很讨厌俗气的女人。为此，三木一见到小姨子，就喜欢上了她。

　　村里人都知道三木漂亮的小姨子来了，有人见了三木，便嘻嘻地笑着，说小姨子是姐夫的半边屁股，又说三木有艳福。三木当然明白这话的意思，但三木装着不明白，三木板着脸，不理人家。

　　三木的小姨子要在姐姐家里住些日子，这就让三木有些想入非非了。想到别人说小姨子是姐夫的半边屁股，三木就笑，嘿嘿地笑。一天小姨子在跟前，三木也笑。小姨子看见姐夫笑，以为自己身上有什么不妥当的地方，比如扣错了扣子，穿反了衣服。但小姨子检点了自己，没发现有什么不妥。三木还在笑着，嘿嘿地笑。小姨子便想是不是脸上有什么不妥，比如脸上沾上了锅烟灰或者脸上的雪花膏没抹匀。小姨子拿出镜子照了照，也没什么不妥。小姨子便不知姐夫笑什么了，小姨子说："姐夫，你笑什么笑？"

　　三木仍笑，嘿嘿嘿……

　　三木笑着时就扛着锄头下地了，小姨子挑担水桶，也跟在后面。出了门，三木看见了大树。大树看见三木，挤眉弄眼地笑。三木知道大树笑什么，大树就跟他小姨子好，为此他老婆总和大树吵。这事，村里人知道，三木也知道。这样的事，在村里还有好多起，比如二根，也和小姨子好。想到二根，二根就出现了，二根也扛着锄头去地里。很快，二根走到了三木跟前，还把嘴贴近三木，跟三木说："你小姨子这么漂亮，你可不要错过呀。"

　　三木没睬他。

　　见三木不睬，二根就走了开来。三木的小姨子这时候走了上来，小姨子说："姐夫，那个人鬼鬼祟祟说什么呀？"

三木说："说你漂亮。"

女孩子都喜欢人家说她漂亮，小姨子听了，笑起来。三木看着小姨子笑，心里很快活，三木觉得小姨子不但清纯漂亮，还活泼可爱，三木真的想跟她好。

三木不会把自己的想法停留在思想里。到地里后，三木开始动手动脚了。三木在小姨子胳膊上捏一下，又捏一下，再捏一下。小姨子没说什么，让三木捏。三木见小姨子没反应，胆大起来。三木的手从小姨子胳膊上滑下去，在小姨子屁股上捏了一下。小姨子这回把三木的手打掉了，但小姨子没生气，还嘻嘻哈哈地笑。三木胆更大了，三木趁小姨子不注意，一把抱住了小姨子。小姨子要推开三木，但三木觉得小姨子不是真的要推开他，因为小姨子没怎么用力。正拉拉扯扯，小姨子忽然叫了起来，小姨子说："快松手，我姐姐来了。"

三木一看，真的是自己老婆来了。

三木赶紧松开手。

三木的老婆好像看见了什么，女人走近后盯着三木，还说："你们做什么？"

三木说："什么也没做。"

三木的老婆说："你可不要打我妹妹的主意。"

三木说："我敢吗。"

三木的老婆说："你还不敢，你色胆包天，什么不敢。"

三木的老婆说对了，三木确实色胆包天，什么都敢。他刚才捏了小姨子的胳膊，还捏了小姨子的屁股，并抱了她。小姨子没推他没打他，还笑，这就让三木看到了希望。

这天半夜，三木行动了。三木从床上坐起来，自言自语说肚子痛，要到茅房解手。出去之前，三木喊了老婆几声，没见回音，三木就出来了。三木住的是一幢小院子，三木真做出去茅房的样子，他开了院门，往茅房去。但在茅房里三木只撒了泡尿，就蹑手蹑脚溜回了院子并轻轻关了院门。这晚没有月光，一片漆黑，三木什么也看不见，只能摸摸索索凭感觉往小姨子房间去。摸到门口，一推门，门居然开了。三木猜想是小姨子留好的门。三木一阵欢喜，摸到床铺立即躺了上去。

开始，怕小姨子叫，他只躺着不动。但小姨子没叫，三木于是胆大了些，用手去摸小姨子，试探性地在小姨子胳膊上摸摸。小姨子仍无反应，三木更胆大了，伸手往小姨子胸前摸去。立即就摸到了小姨子的奶子，又大又挺。

三木觉得小姨子的奶比老婆的大多了。而且，小姨子的体香也好闻，香香甜甜的，把个三木醉晕了。

小姨子还是没有反应，三木这下放心了，三木顺手而下，把小姨子的裤子脱了下来，然后翻身上去。

三木做事时一直没做声，他怕隔壁的老婆听见。三木的小姨子也没做声，三木猜想她也不敢出声，怕被隔壁的姐姐听见。但做完了，三木忍不住还是做声了，这时候三木十分激动，他激动地跟小姨子说："叶子，你真好，太好太好了。"

三木又说："跟你在一起比跟你姐姐有味十倍，一百倍。"

三木还说："我不会忘记你的，我会一直对你好。"

但这句话才说完，三木忽然被躺在身下的人踢了下床。随即"吧嗒"一声，灯亮了。

灯一亮，三木就看见了踢他下床的，是他的老婆。

# 村长家的狗

　　村里狗多，有陌生人进村，那些狗一起叫起来，但叫了几声，觉得不关它们的事，又一起偃旗息鼓，不叫了。

　　有一只狗不同。

　　这是村长家的狗，这狗看起来也很普通，就是一只寻常的土狗，但这狗却跟村里所有的狗都不同。村里那些狗有时候会起哄，比如有一天一个乞丐到村里来，村里十几条狗，一起追着乞丐叫个不停，有的狗甚至就要咬着乞丐了。这明显是狗眼看人，看那人是个乞丐，才那样张狂。村长家的狗不同，他一直在太阳下晒太阳，一声不吭。相反，有一天村里来了两个人，这两个人倒有模有样，穿着也干净整齐，不像什么坏人。但村长家的狗不知为什么，从两个人一进村，就叫个不停。村里其他的狗，开始也叫了一两声，但叫过后，就不叫了，只有村长家的狗一直叫着，而且跟在两个年轻人后面，不停地叫。两个年轻人让狗叫烦了，对狗作凶狠状。但村长的狗不怕，仍跟着两个人叫。两个人后来用石块扔狗，狗跑开来，但过了一会儿，狗又跟上了两个人，不停地叫，这样不停地叫，连村长都烦了，村长喝住狗，大声说："叫什么叫，走开。"狗不睬，仍叫，直至两个人出了村，狗才不叫了。

　　没人对村长家的狗一反常态的吠叫引起重视，但这天半夜，村口一对石狮子被人偷了。半个月后破案，偷石狮子的人，就是那两个让村长家的狗叫个不停、在村里闲逛的人。

　　这样的事还发生过一次。

　　一次村里来了一个人，也是有模有样的一个人，这人在村里东逛逛西逛逛。村里的狗见到生人，都会叫，但叫了几句，都不叫了，只有村长家的狗，还在那儿叫着，而且一直跟在那人后面不停地叫，直至那人出了村，才不叫了。这晚，村里又有东西被偷了，是一户人家的木雕窗花被偷了。那窗花很值钱，曾有人出3000块钱要买，但主人不买，没想到被人偷了。

　　白天的时候，大家就想起村长家的狗一直追着一个人叫。村里人忽然醒悟了，村长家的狗有特异功能，能识别好人坏人。明白了这点，村里人对村长家的狗就高看一眼了，如果村长家的狗白天跟着谁一直叫个不停，晚上就得留心了。还挺灵验，有一天，一个人又进村了，也是东游西逛。村长家的狗从这个人进村，就跟在后面叫。村里人就知道这个人不是什么好东西，一个人便过去问这人说："你找谁?"

那人说："不找谁?"

村里人说："不找谁到村里来做什么?"

那人说："谁规定我不能到你们村来?"

村里人不再问了，但提高了警惕。晚上，这人又来了，也要偷木雕的窗花。但这人没得逞，他才动手撬，就被村里人抓住了。

过后，村里人对村长家的狗便佩服得五体投地了。几天后，又一个人进村，村长家的狗仍对着这个人不停地叫。村里人这回认定这人是个坏人，当时就捉住他，果然，在这人身上搜出几十把钥匙，两把刀和十几个身份证。把这人送派出所，一查，是个偷窃惯犯。

这天，村里来了一伙人，是镇里的干部陪县长来走访。奇怪的是，那狗又叫起来，也是不停地叫，而且，专门盯着县长叫。村长看见狗叫，赶开他，但狗赶走了，又来了，仍对着县长叫。村长便骂着狗说："这是县长，你叫什么叫?"

狗仍叫。

村长又骂着说："滚开。"

狗不滚，还叫，而且跟在县长脚下，县长就不高兴了，看着村长说："这畜牲怎么回事?"

村长这回生气了，踢了狗一脚。但那狗好像疯了，挨了踢也不走开，仍跟在县长后面一个劲地叫。村长这回很气了，看见一户人家门口有根扁担，村长抄起扁担，猛地追上狗，然后重重打下去。

狗没爬起来。

在村长打过狗后，县长接到一个电话，县委书记打来的，让他到县委开紧急会议。县长接了电话，立马赶了回去。

但县长才进会议室，就被人带走了。

带走县长的是纪委的人，被纪委带走，毫无疑问，县长被双规了。

村里人后来知道了县长被双规的事，村里人都说那是一只神狗。

但可惜，狗已经没有了。

# 羊

　　乡长每次下来，村长老杜都要杀一只羊。后来，村里的羊见到乡长就怕。乡长才走近羊圈，羊就往后退着躲着。但躲也没用，乡长看中哪只羊，老杜就会让人把那只羊拉出来。通常是两个壮汉走进羊圈，把那只羊往外拉。羊拼命往后抵，同时咩咩地叫着，但毫无作用，两个壮汉一用力，羊就被拉了出来。老杜是杀羊的好手，每次都是他亲自杀羊。老杜让两个壮汉按住羊，他拿一把长刀过来。羊见了长刀，就知道要挨杀了，羊仍咩咩地叫着，挣扎着，让人听了心寒。老杜不管这些，一刀捅进羊的脖颈。羊还在叫着，这时的叫声便凄惨无比了，一声比一声无力，最后哑然无声。边上有人不忍，便说："羊真可怜。"

　　又有人说："最无奈的就是这些动物，要任人宰割。"

　　老杜对这些话很不屑，老杜说："做牲畜就要挨杀。"

　　乡长也接过话说："谁叫它是一只羊哩。"

　　乡长每次来都能吃上羊，所以他经常来。但乡长吃了羊，并不怎么感谢村长老杜。相反的还经常骂老杜。比如有一次乡里盖办公楼，每个村民都要摊几十块钱。老杜挨家挨户去收，但许多村民觉得这种摊派不合理，拖着不交。乡长下来吃了羊，嘴一抹，伸手问老杜要钱。老杜没收到钱，拿不出来。乡长没拿到钱，脸就变了，骂起老杜来，乡长说："你妈的有卵用，几个钱都收不到。"

　　乡长还骂着说："你妈的只晓得杀羊。"

　　还有一次，乡长又开车来了，但快要进村时，小车陷在一个坑里起不来了。那个坑表面上看不出来，显然是有人故意挖的陷阱，上面铺了树枝，再用泥土复原，一点儿都看不出来。但车子一开到上面，就陷进去了。乡长不笨，知道是有人故意挖的。乡长见了老杜后又骂起老杜来，乡长说："你他妈的村里尽出刁民。"

　　乡长说："几个刁民都管不住，真是个只有卵用的人。"

老杜挨了骂，只是嘻嘻地笑，他让人把车推上来，然后又杀羊去了。

这年冬天，乡里要铺一条通往县里的水泥路，每个村民要摊一百多块。村民觉得不合理，顶着不交。乡长来要钱，老杜又拿不出，乡长这回真生气了，大声骂着老杜说："你王八蛋真是个窝囊废。"

乡长又骂着说："我瞎了眼，怎么让你这样的废物当村长，你让位吧，让别人当。"

说过，乡长果真把老杜撤了。

老杜不当村长后，乡长照样到村里来。乡长来了，新村长照样杀羊给他吃。老杜是杀羊的好手，这杀羊的事还是老杜做。一天杀着羊时，边上有村民跟老杜说："你为村里做了很多工作，乡长不应该把你的村长撤了。"

又说："你当了这么多年的村长，怎么能一句话就把你撤了呢？"

老杜笑笑说："你看我在做什么？"

这村民不知道这话什么意思。

老杜说："在乡长眼里，我不就是一只羊吗。"

村民点着头说："不错，在乡长眼里，你是一只可以随意宰杀的羊。"

这话声音很大，被乡长听到了，乡长狠狠地瞪了那人一眼。

有一段时间，乡长经常来。但不知从哪一天起，乡长不来了。老杜开始不介意，但很久很久没见，老杜觉得不对劲了，有一天老杜见了新村长，便问着他说："乡长呢，怎么好久好久不见他来了？"

新村长说："你不知道吗，乡长病了。"

老杜吃了一惊，老杜说："乡长病了，什么病？"

村长没说，只叹着气走了。

老杜第二天去看了乡长，毕竟是老相识，老杜觉得他应该去看看乡长。但见到乡长时，老杜大吃一惊。乡长瘦得只剩下一把骨头，整个变了形，说话都很困难了。见了老杜，乡长动了动身子。显然，乡长有话要说。老杜把耳朵贴过去，听到了乡长如蚊蝇一样的声音。

乡长说："人……人其实也是一只羊。"

# 另有所图

一天傍晚，一个小伙子骑一辆破车进村了。村里好多闲人，一个人在小伙子停车时问小伙子说："找谁呢？"

小伙子说："不找谁。"

村里人说："不找谁到我们村里做什么？"

小伙子说："去河里游泳？"

村里人说："你是抚州人吧？"

小伙子说："是呀。"

村里人说："抚州离我们这里有20多里，你跑这么远来洗澡？"

小伙子说："不是洗澡，是游泳，这里有一块沙滩，好游泳。"

村里人说："真是吃饱了撑的。"

小伙子没睬他们，往河边走去。

像这小伙子一样吃饱了撑的还有一个人，这人开一辆小车来。也是傍晚时分，把车停下，村里一伙闲人围了过来，还问说："找谁呢？"

开车的人也是年轻，年轻人说："不找谁。"

村里人说："不找谁来做什么呢？"

小伙子说："去河里游泳？"

村里人说："你也去河里洗澡呀？"

年轻人说："不是洗澡，是游泳，这里有一块沙滩，好游泳。"

村里人点头，还说："你开车来还差不多，二十几里也不远，有一个人，居然骑一辆破自行车来，我们都说那个人吃饱了撑的。"

年轻人笑笑说："噢，还有像我一样来这里游泳的人呀？"

村里人这回没接年轻人的话，只问着说："你这车看起来蛮好的，什么车呀，要多少钱呀？"

年轻人说："丰田凯美瑞，买的时候二十多万。"

村里人说："开这么好的车，一看你就是一个有钱人。"

年轻人笑笑，也往河边去了。

这个年轻人和那个骑自行车的小伙子，过后经常到这儿来游泳。村里人见了那个开车的年轻人，很客气，总会老远就打招呼。年轻人停了车后，一些人怕孩子划坏了车，会守在车边。有孩子靠近车，就说："别过去，碰坏了车赔不起。"而对那个骑自行车的小伙子，大家则冷淡得多。小伙子把车停在村里，很多孩子会过去害他的车子。一天一个孩子还把锁弄开了，这孩子弄开锁后就骑着自行车满村蹿。后来，孩子摔倒了，坐地上哭。这时候小伙子恰好回来了，孩子的父母就凶着小伙子说："你怎么不把车锁好，害得我儿子摔跤。"

小伙子急忙赔不是。

这天晚上，村里几幢老房门上的石匾被人撬了。那老房子都是明朝建筑，曾经有人出十几万块钱来买那几块石匾。村里人当然不会卖，没想到，现在一夜之间那些石匾就被人偷了。村里人看见石匾被偷后，第一个反应就是怀疑那个小伙子。他们在派出所的人来了后，一起说："肯定是那个洗澡的小伙子偷的。"傍晚，那小伙子又骑了一辆破车来了。村里人在等着小伙子，见了小伙子，立即围了过去，有两个人还过去扭住了小伙子，然后一个人凶着说："我就知道你不是什么好东西。"

小伙子不明就里，问着说："捉住我做什么？"

村里人说："你说做什么。"

小伙子说："我不知道。"

一个人说："不要跟他啰嗦，叫派出所的人来。"

很快，派出所的人来了。他们也看着小伙子说："你是做什么的？为什么到这里来？"

小伙子说："我是抚州的，到这里来游泳。"

派出所的人说："抚州离这里有二十多里，你跑这么远只为了洗澡？"

小伙子说："不是洗澡，是游泳，而且也不是我一个人来，还有一个年轻人，也经常来。"

村里一个人插嘴说："人家开车来，开车走这二十几里打什么紧。"

派出所的人也说："就是，人家开车，你骑一辆破自行车跑这么远，有这个必要吗，你肯定是另有所图。"

小伙子说："你们冤枉人。"

派出所的人说："到里面去说。"

说着，把小伙子带走了。

小伙子最终无事，因为石匾根本不是他偷的。这以后，小伙子再没来游泳。但不知为什么，那个开车的年轻人，也没来。村里人还会想到那个开车的年轻人，有时候他们会说："那个年轻人呢，怎么也不来了？"

　　这后来的一天，石匾案破了，派出所的人押着几个犯罪嫌疑人来村里取证。村里人在几个人中，看到一个熟悉的身影。

　　毫无疑问，他们看到的，就是那个开车的年轻人。

# 财 神

　　那年他还骑一辆破摩托车，有一天，他从城里往村里赶，村子在河边上，从城里到他们村，要走一段长长的河堤。在河堤上，他看见一个胖胖的男人，胖男人在他骑近时看着他笑一下，还说："人太胖了，走不动，小伙子可以带我一程吗？"

　　他是个和蔼的人，也笑一下，然后把摩托停在胖男人跟前。

　　胖男人抬抬屁股，坐在他摩托上。

　　胖男人是个喜欢说话的人，坐在摩托车上，胖男人跟他说："小伙子人蛮好，先前我碰到几个骑摩托的人，他们都不带我。"

　　他说："带一程又没什么。"

　　胖男人说："所以说你人蛮好。"

　　他说："还行吧，反正做人热心点儿好。"

　　胖男人说："你会这么想，真是个好人。"

　　他笑笑。

　　胖男人又说："你发财了吧？"

　　他说："哪里，发了财也不会骑摩托车。"

　　胖男人说："你这样的好人，以后肯定会发财。"

　　他说："托你吉言。"

　　那段路不平，坑坑洼洼，他见路不好，不敢分心，认真骑着，没跟胖男人说话。胖男人开始还说了几句，后来也不说了。骑了一阵，他没听到胖男人说话，就开口跟胖男人说起话来，他说："你到哪个村呀？"

　　没有回音。

　　他一转头，忽然，他发现胖男人根本不在他车上。他不知怎么回事，立即停下摩托，到处看，但根本就没看到胖男人。他奇怪了，跟自己说："人呢？"

　　没人回答他。

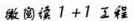

回到村里，他仍觉得这事奇怪，他看见一个人，就跟人家说："今天好奇怪，一个胖胖的男人坐在我车上，忽然就不见了。"又见一个人，也说："今天好奇怪，一个胖胖的男人坐在我车上，忽然就不见了。"有人就问他："这人跟你说了什么吗？"他说："他说我好，以后会发财。"一个人眼睛一眨，跟他说："一个人坐在你车上，突然就不见了，他是神仙吧？"又一个人也眨一眨眼，也说："他说你会发财，你碰到的，是财神吧。"

他也觉得是这么回事，点点头。

好像真是这么回事，以后他做什么都顺心如意，栽禾禾多，养猪猪壮。有一年他听人说三黄鸡好卖，也养起来。第一年他养了几百只，全部卖到广东福建去了，第二年他养了一千多只，也卖光了。村里人看他养鸡发财，也跟着养，也是个个发财。后来，附近十里八乡都养起三黄鸡来。这时候他反而不养了，他成立了三黄鸡销售公司，专门销售三黄鸡，也就是说，本地人养的鸡，不要出去卖，他全部收购，由他卖出去。这样做了几年，他真的发大财了，成了那一带的首富。不仅如此，他们村包括周边一些村民，也都富了起来。

这后来不久，乡村到处时兴做庙，有人做关公庙，有人做康公庙。他们村有钱，肯定也要做庙。但做什么庙，大家还是有不同意见，有人说做关公庙，有人说做康公庙。他好久都没做声，但后来他跟大家说："还是做财神庙吧，不是那年我碰到财神，我们也不会有今天。"

一伙人点头。

说做就做，也就是几个月，他村里的财神庙就做起来了。

庙一做好，整天都有人来拜财神，香火好得很。

一天，一个拐子一拐一拐地走了来。这拐子好多年前在堤上搭一个人的摩托车，路不好，坑坑洼洼竟把他摔下摩托而且滚下了堤坝，跌断了腿，变成了一个拐子。因为腿有残疾，周边的人都发了财，他却很穷，今天，他走了好多路，也来拜财神。跪在财神跟前，他在心里祈祷着："请财神保佑我发财……"

# 健忘的人

农校毕业那年，他分到乡政府工作。上班后不久，大约是第一次领到工资那天吧，他下乡了。开始是几个人一起去，到村委会后就逐个派到村委会了。他被派到一个叫黄杏的小村，任务是协助村委会收缴村民拖欠的各种欠款。

当天下午，他就去了一个叫黄老歪的家里。他是去催黄老歪交提留款的，但进屋后，他半天说不出一个字来。黄老歪病在床上，不是装病，是真有病。整个人瘦得只剩下一把骨头。黄老歪的妻子是个跛子，又矮又小，提一桶猪食跌倒了几次。不仅如此，屋里还躺着两个老人。他当即同情心大发，不停地叹气，当然是为黄老歪叹，还在心里说怎么有这么穷的人家呢。说着，眼泪都快流了出来。

走时，他从工资里拿出200元给了黄老歪。

村里一个叫火生的人，大大小小生了四个孩子，每个孩子都穿得破破烂烂。差不多冬天了，孩子们还穿着单衣，一个个缩在屋里。他看着挺难受的，满心的同情。这一同情，他拿了100块给那个火生。村里还有一个黄禾昌，一家人住在一幢破屋里，窗户上没一块玻璃，全钉着塑料薄膜，那些薄膜全老化了，风吹起来，到处哗哗作响。他走进屋去，觉得屋里比屋外还冷。当时还落着雨，屋里到处漏着水，没一块干净的地方。他又同情起黄禾昌来，这一同情，又从身上拿了100块给人家。

那两天，他每时每刻都在同情黄杏村的人。孤寡老人三公，用一只烂了的碗吃饭，他同情老人，给老人买了两打碗。女孩黄叶，十一岁了还没上学，他又同情她，带她去交了学费。还有一个黄瓜，是个头发发红，面黄肌瘦的孩子，一看就营养不良。他一同情，给黄瓜买了两斤肉，两包奶粉。他那时工资本来不高，只有100多块，那次是补发了几个月的工资，大概有六七百块，但这些钱哪里够，才在黄杏村呆两天，身上便一分钱都没有了。结果只好走回乡政府，路远，走了差不多一整天。

这样的干部实在少有，他走到哪家，人家都很高兴，都问他叫什么。他总是笑笑，跟人家说在农校时，同学叫他根仔。

黄杏村的人记住了这个名字。

他开始也记着黄杏村，并打算过一段时间再去黄杏村走走。但工作忙，一直没机会去。这样过去很久，就忘记了。尤其是被提拔为副乡长后，整天下乡，就把黄杏村彻底忘记了。

后来他又担任了乡长。

黄杏村的人不知道他当了副乡长、乡长。黄杏村的人只知道乡里有个干部，叫根仔，村里人不会忘记他。尤其是黄老歪、火生、黄禾昌他们，对他更是念念不忘。他们有几次结伴去乡政府看他，但没有一次见到他。乡政府门口有人把门，他们要进去时，总有人拦住他们，然后问："你们找谁？"

"找根仔。"他们说。

"哪个根仔？"把门的人问。

"就是你们这里的根仔呀。"他们说。

"我们这里没有谁叫根仔，你们回去吧。"把门的人说。

他们只好回去了。

后来的一天，他还是来到了黄杏村。

这么多年过去了，他再没想起过黄杏村。不过，当他走进黄杏村时，他还是觉得有点儿眼熟，但这不会往他心里去，在乡里干了七八年，到过无数村子，所有的村子，他都觉得眼熟。

黄杏村的人见了他，也有点儿眼熟，尽管他胖多了，发福了，跟以前完全不同，但大家依稀还能认出他来。他在村里走着时，就不停地有人跟他笑着，还问："你是根仔吗？"

他摇头，根仔是他读农校时同学喊的小名，工作后再没人这样喊了。他大名张长庚，到乡政府后，开始人家喊他小张，后来喊张乡长。这样喊久了，他连张长庚这名字都陌生了。至于小名，那是彻底忘记了。

好几个人说他是根仔，他就好奇了，后来他问起人家来，说："你们怎么会说我是根仔呢？"

"你很像他。"黄杏村的人说。

他又问："这根仔是谁？"

"你们乡里的干部呀。"黄杏村的人说。

他说："我们乡里没有谁叫根仔呀。"

黄杏村的人说："怎么没有，他在我们这儿住过几天，这真是个好人呀，黄老歪病了，他拿出 200 块钱给他看病。火生家里孩子穿得破破烂烂，他拿出 100 给孩子买衣服。他还给三公买了两打碗，给黄叶交学费，跟黄瓜买肉、买奶粉。后来我们还知道，那两天里，他把身上的钱都给了我们，最后他没钱回去，走了一整天才回到了乡政府。"

　　他听了，跟陪着来的村委会主任笑笑，然后说："有这样的人吗，莫不是他们记错了吧。"

# 别让他靠近

小溪乡发生了一起群体事件，这个乡因一家化工厂往河里排污，导致河边几个村的农田严重污染。农民在多次反映情况得不到解决后，集体上访，几百人把乡政府围住。随着村民情绪越来越激动，有人竟然把乡政府和派出所的车掀翻了。这事引起省、市高度重视，县里立即让他带了一个工作组下到村里指导和解决问题。

他长得白白胖胖很有官相，跟村里那些农民完全不同。他下到村里后，不时地有农民来上访或者说反映情况，农民一见了他，就说："你是工作组的人吧？"

他点点头。

农民说："一看你就是个当官的。"

他说："怎么看得出来呢，我脸上又没写字？"

农民说："你看你白白胖胖的，当官的才是你这种样子。"

他笑笑。

下乡不比坐机关，自从下来后，他走村串户了解情况，做农民的思想工作。那时候正是夏收秋种的季节，有时候为了感动农民，他甚至下地和农民一起割禾，和农民一起插秧，也帮农民一起扛谷、晒谷。这样在乡下待了十几天，他脱胎换骨像变了个人。县里一个领导下来，这领导以前跟他很熟，但这天站在县领导跟前，县领导却不认识他，县领导跟他说："去把你们组长叫来？"

他说："你看我是谁？"

县领导说："工作组成员那么多，我哪里知道你是谁？"

他说："我就是组长。"

莫说县领导，就是他的一些朋友，也不认识他。一天他傍晚回来，路上碰到一个朋友，他喊了一声朋友，但朋友却认不出他是谁，朋友说："你认识我？"

他告诉朋友他是谁。

朋友认真看了看，终于把他认了出来，朋友说："你怎么变成这样子了？"

他说："天天在乡下。"

应该说，他们工作组的工作还是很负责任的，但效果却不明显，村民照样到处上访和告状，这里面的原因他明白，是那家化工厂还在排污。他也跟县主要领导反映过，说要彻底解决问题，就得把化工厂停掉。县里主要领导一听要关掉化工厂，就凶着他说如果可以停掉化工厂，还要你带工作组下去做什么。

这样的工作就难做了，他走到哪里，都有农民找他，不仅找他，有市里、县里领导下来，一些农民就拦住领导告状。这天市长要来村里，作为工作组组长，市长来村里，当然要见他。但等到了好久好久，也不见市长来。后来一个农民运来石灰为农田消毒，他闲着，就过去帮农民一起下石灰。石灰灰大，等到下完，他便一身是灰了。市长还没来，他又捋起裤脚，下田帮农民在地里撒石灰。正撒着时，市长来了。这时候有人大声喊着说："张组长，市长来了。"

听了喊，他从田里上来，往市长跟前去。这时候他一只裤脚高一只裤脚低，完全像个农民了。市长跟前有人，一大堆人，围在市长左右。有人看一个一身泥巴一副农民模样的人也往市长跟前去，就说："这个人过来做什么，拦着他，别让他靠近。"

他当然没听到这话，仍往市长跟前去。

又有人说："这农民肯定是上访的，赶快拦住他，别让他靠近。"

一个人就过来拦着他，凶着说："你过来做什么？"

他不睬这人，仍往市长跟前去。

这人火了，用力推了他一把。

他那时候站在路边上，路旁边就是那那条被污染的小河。他没提防那人会用力推自己，那人一推，他失去重心，跌进了那条被污染的小河里。

等人把他拉起来时，市长走了。

# 陷　阱

张三在机关外面守候领导，夜已经很深了，张三还在耐心地守候着。机关外面很黑很暗，张三就在黑暗里坐着。有人冷不丁走来，在黑暗里人家以为张三是乞丐。张三也像个乞丐，又黑又瘦，穿的衣裳皱巴巴的，还打着补丁。有时候张三也会在机关外面走来走去，这时候张三便像个醉汉了，因为他走得歪歪倒倒的。那儿有一块下水道的铁盖，张三走来走去都从上面踏过。盖板好像没盖好，张三每次踏过，铁板都"咔嚓"一声响。在深夜里，这响声特别清脆，从这儿经过的人都听到了。

领导迟迟没出来。

张三也一直守候着。

张三守候领导是想把钱讨回来。一年前，张三下岗了。张三一个朋友，说他认识一个领导，他可以帮张三走走门路，去求领导把张三调到事业单位去。这是天大的一件好事，张三当然乐意。后来，朋友真带了张三去见了领导，领导也满口承诺。但领导光打雷不下雨，一两个月过去，也没帮张三调。张三的朋友当然知道，朋友说现在求人办事，哪有不花钱的，你送些钱给领导吧。张三也觉得有道理，便给领导送了一万块钱。这一万块，是张三家里所有的积蓄。领导很爽快地收了钱，也很爽快地答应帮张三调。但又是一两个月，还是毫无动静。张三当然去找过领导，领导说别急，慢慢来。张三便不急，但一两个月又过去了，还是没有动静。朋友对张三的事关心到底，朋友又给张三出主意，朋友说，我觉得你的钱送少了，你再送一万元看看。张三说，我哪有钱，那一万块钱是我所有的积蓄。朋友说，没有钱去借，有的人为了当官，还去贷款送礼哩，你不送，就半途而废了。张三觉得这话也有道理，真去借了一万块钱送给领导。领导还是爽快地收下了，也答应一定帮张三调。但又过去了两三个月，张三的事仍然没有动静。张三又去找领导，找了很多次。开始，领导还让张三慢慢来。后来，领导不耐烦，说，你这人怎么这样，三番五次找上门来，你烦不烦呀。张三被领导说过，不敢去找领导了，坐家里等。但一等好几个月，调动的事仍然毫无音信。一件事拖得太

162

久，看来是没有希望了。现在，张三对这件事就不指望了，张三知道领导在骗他，领导光拿钱不办事。张三当然很生气，但张三小民百姓一个，奈何不了领导。不过，张三觉得他应该把钱讨回来。现在，张三就在这儿守候领导。张三打听过，领导就在办公室里。张三也想进去，但晚上，门卫把着不让进。张三没法，只有在外面守候着。

终于，领导出来了。领导住得不远，晚上一般都步行回家。张三那时候正蹲在黑暗里，看见领导出来，猛地蹿过去，然后说："张县长，我等你好久了。"

领导没想到黑暗里会蹿出一个人来，领导有些吓着了，说："你是人是鬼，半夜三更蹿出来吓人一跳。"

领导说着，不睬张三，扭头走开了。

张三跟着领导，说："我不办调动了，你把钱还给我。"

领导就瞪着张三，说："钱，什么钱，我什么时候拿过你的钱？"

张三急起来，说："你当然拿过我的钱，我找你办调动，送你两次钱，一次一万。"

领导忽然笑起来，说："好笑，我拿过你的钱，你有证据吗？你拿得出证据吗？"

说着，领导又扭头走开了。

张三呆在了那里，没想到结果会这样。张三很伤心，眨了眨眼，张三落泪了。

待了好一会儿，张三要回家了，张三慢慢走起来。这时，张三更是歪歪倒倒的，完全是个醉汉。下水道的盖板就在脚下，张三一脚踏上去，盖板"咔嚓"一声响。张三在盖板"咔嚓"响过后没再走。张三站在盖板上，看着盖板。这是一块铁哩，张三想。这块铁可以卖钱哩，张三又想。这样想过，张三从盖板上下来。然后弯下腰一用力，把盖板搬在手上了。

然后张三背着盖板走了，路上，张三也想过这样不道德，但想到领导那样心黑手长，张三又坦然了。张三甚至想过，以后把这座城市所有的盖板都盗走，这样，或许可以把部分钱补回来。

一条下水道，没有了盖板，便是一个陷阱了。

再说领导，他走了不远后，忽然想到有份材料忘在办公室里。领导要用这份材料，他转身走了回来。

很快，领导走到了机关门外。

这儿仍很黑，领导没看见盖板被人搬走了。领导走过来，一脚踩空，跌了进去。

领导跌进去，就爬不起来了。

# 急开锁

一直以来，贼做的都是一些小偷小摸的勾当，比如在公交车上把手伸进别人的口袋里，在闹市用刀割破别人的提包等。贼也想做一些大的勾当，但一直没有机会。

有一阵子，贼经常去找一个熟人。做贼的人不会把贼字贴在脸上，这等事都做得比较隐秘。为此，外面没人知道他是贼。也为此，贼也有熟人有朋友。贼去找的这个熟人以前跟贼住在一条街上，后来买了商品房，就搬走了。熟人搬走了，贼也会去找他。但那阵子，熟人经常出差，贼没有一次找到他。

熟人住四楼，贼去了，总是敲门。但熟人不在家，贼再敲也没有用。有一次，一个人从楼上走下来，贼便问着人家说："这家人出去了吗？"

下楼的人冷着脸说："不知道。"

贼又说："我来找他好几次了，他都不在，你最近见过他吗？"

人家说："我没见过他。"

贼不再问了。

这天，贼又去了，也是敲了半天门，不见反应。贼有手机，但熟人跟贼只是以前的邻居，他们的关系不是过于亲密。因此，贼没有熟人的电话号码，没法跟熟人打电话，他只能在门外敲门。正敲着时，一个人又下楼了，贼见了那个人，问着说："这户人家搬了吗，我找了他好几次了，他都不在。"

下楼的人仍冷着脸说："不知道。"

贼说："你见到过他吗？"

下楼的人说："没见过。"

贼只好怏怏而回，但在楼道口，贼看见墙上贴着一张急开锁的纸条，上面有电话号码。贼一看见开锁之类的字眼，就职业反应起来，贼立即作出决定，让急开锁过来，把熟人的房门打开。

贼随后拨了上面的电话。

几分钟后，急开锁来了，是一个胡子拉碴的人。贼把急开锁引到四楼，让急开锁开锁。急开锁看了看门锁，跟贼说："这门锁比较难开。"

贼说："难开你也能开，对吧？"

急开锁说："那倒是。"

贼说："那开呀。"

急开锁说："价钱要贵一些。"

贼说："多少？"

急开锁说："30 块。"

贼爽快地同意了。

急开锁就动起手来，边动手边说："我没见过你。"

贼说："我也没见过你。"

急开锁说："你在这儿住了多久了？"

贼胡诌说："一年多了。"

急开锁说："按说你住了一年多，我应该见过你。"

贼说："那你怎么没见过呢？"

急开锁说："也许是我早出晚归吧。"

贼说："我也是早出晚归。"

说话间，又有人从楼上下来，这人好像认识急开锁，问他说："帮人开锁呀？"

急开锁只点点头，没做声。急开锁不做声，贼做声，贼说："钥匙掉了。"

下楼的人再没做声，下楼走了。

一会儿，急开锁就把门打开了。贼付了钱，进去了。

贼在里面做什么，可想而知，翻箱倒柜，找钱或值钱的东西。但翻了半天，一无所获，贼就失望了，出门要走。但在楼道口，在那则急开锁的纸条旁边，贼看到一张搬家的纸条，上面同样有电话号码。贼在纸条跟前站了一分钟，笑了。

随后，贼按纸条上面的号码打了过去。

十几分钟后，一辆卡车开来了。一个小时后，贼让人把屋里的家具、冰箱、彩电、空调全部搬上车拖走了。

这回，不是小偷小摸了。

接下来的事与贼无关，几天后，贼那个熟人出差回来了。立即，他看到家里被搬空了。呆了片刻，他报了警。很快，警察来了。警察一来，便惊动了一楼的人。楼上一户人家，还提供了有用的线索，说他看见住宅区三楼的急开锁曾经开过门。

这下，急开锁脱不了干系了。

尽管急开锁百般解释，但最终，他还是被警察带走了。

# 引 诱

　　他接到一个电话，一个小姐打来的，小姐的声音很温柔，小姐在电话里说："领导忙呀，怎么这么久不来找我？"

　　这是个陌生的声音，他没立即回答，想辨别出对方是谁，但辨别不出来，于是他问："你是谁，你怎么知道我是领导？"

　　手机里的小姐说："领导真是贵人多忘事，就把我忘记了，但我忘不了你。"

　　他坚持问小姐说："你怎么知道我是领导？"

　　小姐在电话里笑起来，很模糊地回答说："谁还不知道你是领导呀。"

　　他仍问："你是谁？"

　　小姐很直接地告诉他说："我是一个小姐，你多次找过我，怎么就忘啦？"

　　他说："你记错了吧，我没找过什么小姐。"

　　小姐又笑起来，说："我又不会缠着你，我只是觉得现在无聊，才想找个人说说话，你不耐烦，我立马挂了电话。"

　　小姐这样说，他也显出大度的样子，那时候他也闲着，边上又没人，有个小姐说话，也是蛮有意思的事，于是跟小姐聊了起来。他说："我还是不记得在什么地方找过你。"

　　小姐说："你没看到我人，当然记不起我了。"

　　他说："这倒也是。"

　　小姐说："但我记得你。"

　　他说："你说说我什么样子？"

　　小姐说："你们这些当官的还会有什么样子，都像一个模子里倒出来的，一个个脑满肠肥肥头大耳大腹便便。"

　　他说："你在骂我？"

　　小姐说："不敢，得罪了你不是断了财路吗，我只是实话实说。"

　　他说："听你说话还有些水平，你怎么会做小姐呢？"

小姐说："不是爱风尘，似被前身误。"

他接着说："花落花开自有时，总是东君主。"

小姐说："你是不是我命里的东君主呢？"

他说："我可不想做你的东君主，你不做小姐了，我们男人哪里找快活去。"

小姐说："要快活就来找我吧，我现在换了一家发廊，你过来，就记得起我是谁了。"

他说："我找小姐什么时候去过发廊这种地方。"

小姐说："那我在宾馆里开一间房，可以吗？"

他说："可以考虑。"

小姐说："那好，我现在就去开房，开了房我再打你的手机。"

小姐说着，把手机断了。

半个小时后，小姐又打了他的手机，说："我在红楼宾馆503房，你过来吧。"

他很爽快地说："好吧，我马上过来。"

他真的是马上过来了，把门敲开，他看见小姐了，一个很漂亮的小姐。他看见漂亮的小姐就高兴，他说："小姐真漂亮。"

小姐说："谢谢。"

现在见到人了，他还是想不起在哪儿找过她，于是他说："我好像没见过你。"

小姐说："你玩的小姐太多了，当然想不起我来。"

他说："真的想不起在哪儿找过你了。"

小姐说："你们男人真无情，难怪有一首古诗说我们是'曲江临池柳，这人折来那人攀，恩爱一时间'。"

他说："你还真不错，有才有貌。"

说着时，两人直奔主题，很快缠在一起了。

两人高兴时，他又跟小姐说起话来，他说："我找过的小姐都有印象，但我就是想不起以前在哪儿找过你。"

小姐这回坦白了，说："你以前确实没找过我。"

他说："那你怎么知道我的手机号码？"

小姐说："我闲的无聊，胡乱拨的一个号码。"

他说："那你怎么知道我是领导？"

小姐说："见人就喊他领导，谁不高兴。"

小姐又说："没想到你还真是个领导。"

说着，小姐笑起来。

他也笑了。

第二天，小姐又打了他的手机。但这回，小姐的声音不再温和了，小姐说："你赶快送 5000 块钱过来。"

他有些生气，凶着小姐说："我为什么要送 5000 块钱给你。"

小姐说："我被抓了，你不想我招出你来，就替我交 5000 块钱罚金。"

他没有脾气了，通完话就起身了。

他要把钱给小姐送去。

# 放 火

有一个领导，一天觉得累了，便让司机开车出去散心。很快，他们来到了一条堤上。那是一条很长很长的堤，堤的一边是河，另一边是山。领导的小车在堤上开了一会儿，看见一男一女两个小年轻在堤上烧草。正是冬季，久旱未雨，堤上的茅草干燥枯黄，火一点，烧得噼啪作响，火势蹿得几尺高。领导就是领导，时刻都会想到工作，他立即让司机停了车，他走下车去，跟烧草的一男一女说："烧不得呀，正是冬季，天干物燥，不要在野外放火，以免引起山火。"

一男一女头也没抬，只看着噼噼啪啪的火乐着。但他们对领导的话，还是做了回答，他们说："这是河边，不会烧到山上去。"

领导看看，放心了，这是河边，离山还有好几百米远，领导觉得火烧不到那里去。

领导随后就在那儿看着，津津有味的样子。领导平时不大抽烟，但身上却有很多打火机。他累时，喜欢拿一个打火机出来，嚓一声打出火来，然后看着蓝色的火苗在眼前燃烧。领导这个爱好尽管有些特别，但很奏效，领导再累，玩了一会儿打火机，看了一会儿火，领导的疲劳就消失了或减轻了。现在，领导看着熊熊燃烧的大火，疲劳一下子就无踪无影了。

领导看了一会儿，火就小了。烧草就这样，草多的地方，火就大，草少的地方，火就小，没有草的地方，火就灭了。那火烧了一会儿，就烧到草少的地方了，火也就小了。火小了，一男一女两个人没再烧，而是手牵手往河边走去，在一块僻静靠水的地方坐下来，谈他们的恋爱去了。火是越来越小了，但领导还余兴未尽。于是领导喊了一声，说，小李把我的打火机拿来。这小李就是司机，他听了，忙从车上拿了一个打火机来。领导接过打火机，找了一块草多的地方，然后嚓一声，把草点着了。

那草特别多，不一会儿，火就蹿得老高。领导看着，觉得很过瘾，大声跟司机说，这烧草真他妈的有意思，噼噼啪啪跟放爆竹一样。说着，领导这里跳跳，那里蹦蹦，像个孩子。

过后，领导一觉得疲劳，就让司机把车开到堤上去。他这里点一把火那里点一把火，然后看着那些草噼噼啪啪地燃烧，在熊熊大火中，领导觉得特别开心。

但有一次发生意外了。

那次领导也在堤坝上烧草，但那块堤连着山，草也和山上的草连着。烧了一会儿，火就烧到山上去了。领导见火往山上烧，也着急了，赶忙打电话喊人来救火。但那个冬天很久没下雨，真正的天干物燥，火一上山，就无法扑灭。结果山火烧了几天几夜，过火山林上万亩。

这起山林火灾完全是领导的责任，但没人追究领导的责任，甚至根本就没人知道是领导放的火。公安机关后来拘留了一个小伙子，他们说那小伙子经常带女朋友到堤上去烧草，终于酿成了那次大火。

那座城市后来加强了山林防火工作，山边到处用红漆写着"谁烧山，谁坐牢"的标语。市里还多次召开山林防火工作动员大会。领导是那个城市的主要领导，每次开会，他都要作重要讲话，他总是在会上强调说："山林防火十分重要，各级各部门都要把它当作当前工作的重中之重来抓——"

一天把会开过，领导又很疲劳了。于是让司机把车往堤上开，他又要去堤上散心。说是去散心，实际上是去烧草。但附近堤上的草都烧掉了，他们在堤上开了很久，到了一个叫大横山的地方，他们才看见满堤的茅草。领导一见这些茅草，手就痒，于是拿了打火机，嚓一声把草点着了。

草立即燃烧起来，烧着时，领导接了一下手机。是秘书打来的，秘书提醒他，说今天还安排了下去检查山林防火工作，让他快回，大家都在等着他。

领导二话没说，立即驱车回程。

这天，领导一行检查了好几个乡镇，每到一处，都深入村组。最后，当他们到一个叫小坪的村子时，天已黑了。这个村很偏僻，处于深山里，落后得很。村里还没通电。领导他们一行到达时，家家户户点着灯。领导见了，皱了皱眉，跟秘书说这么多灯火，一不小心就会引发火灾，我看应该制定一条规定，凡山里的村子一律不准点灯，要照明，去买应急灯。

其他领导一致赞同，都说："不错，应该制定一条这样的规定。"

正说着，领导的手机又响了，领导才把手机放在耳朵边，就听到手机里一个焦急的声音说：

"大横山着火了——"

# 魔　咒

青是村里最好看的女人，莫说是村里，整个那一带，都数青最好看。青走出来，一路上都有人看她，还说："这女人真好漂亮。"

有认识青的人，又说："像她母亲一样漂亮。"

确实，青像她母亲一样漂亮。很多年前，青的母亲也是这一带最好看的女人。但这个漂亮的女人身上是非多，她嫁了一个老公，没多久，就离了。又嫁了一个老公，也离了。不仅如此，女人还在外面跟很多男人好过。这样的女人，就让人看不起，她走出来，从来都有人在后面指指点点，说她作风不正派，说她水性杨花。青长得像她母亲，她走出来，从来都会让人想到她的母亲，几乎每天，都有熟一些的人看着她说："你真的跟你母亲一样漂亮。"

这是当面说的话，在背后，则有人说："我看她以后肯定跟她娘一样，不是什么好东西。"

也有人说："什么娘生什么女，看她就像勾男人的样子。"

青当然听到了这些话，很生气，但又不好发作。

好看的女人当然有人打她的主意，一天一个男人就拦住青，乡下的男人，说话很直接，这男人说："做我女朋友吧？"

青说："我结婚了。"

男人说："那就做我的情人。"

青说："鬼才做你的情人。"

男人说："你怎么这么封建呢，现在在外面做人家情人的人多得很。"

青说："别人是别人，我是我，我决不在外面做人家的情人。"

男人脸上就有些不屑，说："不要把自己说得跟玉女一样，你母亲是个什么人我们又不是不知道，我就不相信你会比你母亲好多少。"

青发作了，说："放你娘的狗屁。"

说过，青走了。

另一个男人，说得更直接，这男人说："做我的情人吧？"

青不睬男人。

男人又说："我给钱。"

青说："你以为你有钱就可以买到一切吗？"

男人说："现在这种事多得很，很多女人为了钱，都在外面做人家的情人。"

青说："我不是这样的人。"

男人说："没有女人不喜欢钱，你说，你要多少才可以跟我好？"

青说："给多少我也不会跟你好。"

男人说："你怎么跟你母亲不一样呢？"

青说："就不一样。"

有一个男人，开一辆很好的车，有一天，男人拦着女人，说："我很少见到你这样漂亮的女人。"

青也不睬男人。

男人又说："你如果跟我好，我送你一辆同样的车。"

青说："我不喜欢车。"

男人说："我没听错吧，还有不喜欢车的女人？"

青说："我就不喜欢车。"

青村里一个男人，跟青差不多大，一直都对青很好，也喜欢青。青跟这个男人也很好，也喜欢男人。但青一直只把男人当普通朋友，并没过分。男人不蠢，看出青喜欢她，男人有一天问："我喜欢你，你也喜欢我，我们为什么就不可以更进一步？"

青说："不可以。"

男人说："为什么不可以？"

青说："大家都说我会跟我母亲一样，我跟你好，真的就跟我母亲一样了。"

男人不做声了。

这天，又一个人拦住青，男人也让青跟他好，青根本不睬他。那地方是河边上，四处无人，男人看看没人，扑过去抱住了青。青当然推开男人，但男人兽性大发，不管青同不同意，竟把青强奸了。

青当然去报了案。

这事瞒不住，很快就有人知道这事了，这天几个人在一起说到这事时，一个人说："我说了青跟她母亲一样。"

一个人说："这不怪青，她是被人强奸的。"

那人左右看看，声音很大地说："人家为什么强奸她，而不强奸别人，还不是青不好。"

# 落荒而逃

休息的时候，领导会跟几个人去乡下玩。领导谁也不惊动、不打扰，只跟几个人在乡下随意走、随意看，悠然自得。

这天，领导几个人又去了乡下。

走了一会儿，几个人看见几棵柚子树。冬至过了，树上的柚子黄灿灿的很好看。一个人看看四处无人，伸手摘了一个。随后，几个人在离柚子树不远的地方剥了柚子吃。几个人走了半天，正有些渴，领导吃了一口，立即说："好吃。"

几个人吃过，也说："好吃。"

好吃的柚子，他们还想吃。几个人，又跑去摘了三个。摘下柚子时，一个人忽然发现柚子树下有一个牌子，上面写着：偷摘柚子，一个罚款 100 元。几个人见了，不以为然，拿了柚子往领导跟前去。但这时，一个女人看见了，女人立即大叫起来："快来人呀，有人偷柚子。"

领导听了，转身跑了起来，边跑边跟几个人说："快跑，被人家捉到要出洋相。"

几个人听了，一起跟着跑了起来。

女人见几个人跑，便在后面追，一边追着一边喊："有人偷柚子——"

有人听了女人喊，也追起来。

领导倒是能跑，但那地方他们不熟，加上慌不择路，领导几个人跑了一会儿，便无路可走了。好在那时候田里割了禾，领导可以往田里跑。但田里有水，领导跑了一会儿，就摔倒了。爬起来再跑，再跌倒。几个人和领导一样，跌倒了，爬起来，又跌倒了，再爬起来。这样跑了一会儿，领导和几个人一脚一身都是泥巴了，很狼狈的样子。

很快，他们被女人追上了。女人过来一把扯住领导，还说："天天都有人偷柚子，今天终于被我们捉到了。"

领导中的一个人说："话说的怎么这么难听，你们柚子好吃，我们摘一个尝尝。"

女人说："就是偷。"

几个农民这时也跑过来，他们跟女人说："别跟他们啰嗦，罚钱，一个柚子100元。"

领导中的一个人说："100元钱一个柚子，你们这不是抢吗？"

女人说："谁叫你们偷，你们今天不交钱，别想离开这里。"

几个农民说："绝对不放过他们，不交100元钱，莫想走。"

一个农民说着时，突然打了领导一拳，还说："看你人模狗样的，居然是贼。"

领导几个人中的一个人，见有人敢打领导，怒气冲冲地推开那人，还说："你妈的敢打人，你知道他是谁吗？他是我们张县长。"

几个农民听了，都笑，然后一个人说："他是县长，我还是省长哩。"

又一个人说："县长会来偷柚子，会这样落荒而逃。"

领导这时说话了，领导跟一个人说："别说这些，给他们100元钱。"

一个人立即把100元钱递给那个女人。

但没完，几个人一共摘了四个柚子，跑着时，他们把柚子扔了。但这时有农民捡了柚子过来，这人跟女人说："他们一共偷了四个柚子。"

几个农民又说："罚400元。"

领导几个人中的一个说："四个柚子400元，你们这不是明抢吗？"

领导又制止这个人，说："别说了，再给他们300元。"

这300元给过，一个农民忽然看着领导几个人，很认真地看，然后说："这样的事还真没见过，我们说多少，你们给多少，你们真是当官的吧，要不，怎么会这么爽快地给钱。"

一个人说："是贪官吧，贪官有钱。"

这个人说着时，又来了几个人。这几个人是乡长和村长。原来在女人和领导纠缠时，领导当中的一个人看着不对劲，暗中打了乡长的电话。乡长立即驱车往这儿赶，路上，乡长又打了村长的电话。很快，他们就到了。见一伙农民围着县长，乡长大发雷霆，乡长凶着那些农民说："你们在做什么，围攻我们张县长吗？"

领导当中的一个人便跟乡长说："张县长觉得他们柚子好吃，让我们摘了几个尝了尝，他们说我们偷，刚才敲诈了我们400元。"

乡长听了，立即跟村长说："打派出所电话，把敲诈的人抓起来，这还了得，几个柚子400元。"

那女人这时候吓傻了，她慌忙地把钱还给了领导，然后说："我们以为是偷柚子的贼，哪知他真是县长。"

乡长跟村长说："不要跟她在这里说，让她到派出所去说。"

女人忽然哭了，说："我真不知他是县长。"

领导见女人哭了，便跟乡长说："算了算了，我们未经允许摘柚子，也不对。"

领导这样说，这事就这样过去了。

但故事没完，这天下午，乡长和村长让人把女人树上的柚子都摘了，然后亲自给领导送了去。领导看见乡长和村长扛了柚子来，很意外，领导说："你们这做什么？"

乡长和村长说："张县长说这柚子好吃，我们拿些给你尝尝。"

领导说："太多了。"

两个人走了后，领导跟家里人说："这柚子蛮好吃的，破一个尝尝。"

领导的家人立即破了一个，但吃了一口后，领导的家人说："好吃个屁，酸死了。"

领导一尝，果然很酸。

这些柚子，领导和家人再没动过。放了一阵，领导让人把柚子扔了。

# 乡下的杨梅

杨梅是个乡下女孩。

杨梅到城里来打工，走在城里，杨梅总是很自卑。一个乡下女孩，在城里人眼里只是一个土包子，何况杨梅又长得难看，在美女如云的城里，杨梅有时候自卑得头都抬不起来。

偏偏平看上了她。

平是城里人，他跟杨梅在一起做过事。后来，两个人就好上了。跟平在一起，杨梅还是很自卑，她总是看着平说："我配不上你。"

杨梅还说："你怎么会看上我呢？"

平每次都批评杨梅，跟她说："你怎么总是这样自卑呢？"

平还说："在我眼里，你蛮好。"

杨梅还是摇摇头，跟平："我知道自己很丑，在你们城里，我只是一只丑小鸭，我真不知道你为什么会看上我。"

平说："你真要知道我为什么看上你，那我告诉你吧，我喜欢你的名字。"

杨梅很吃惊。

平说："真的，我的外婆住在山里，我小时候在那儿长大，那儿到处都是杨梅树，我从小就喜欢吃杨梅，别说吃，就是提到杨梅，便满嘴生津。"

杨梅说："真的吗？"

平说："我还会骗你吗，你肯定没见过山里的杨梅，我告诉你，杨梅熟了的时候，满山满岭都是红透了的杨梅，远远看去，像着了火一样。杨梅叶也好看，比别的叶子绿，青青翠翠的，衬得杨梅火一样红。"

杨梅说："有这么好看吗？"

平说："比这还好看，我都无法用语言来形容。"

杨梅说："哪天你带我去你外婆家，去看看那里的杨梅。"

平说："一定，到时我带你去。"

说着平啧了啧嘴，跟杨梅说："可惜现在在城里，没有杨梅吃。"

杨梅说："我给你买。"

第二天，杨梅就去买了杨梅来，平见了，口水都流了出来，捏起就吃，眼都不眨一下。

杨梅摇摇头，跟平说："你真不怕酸。"

平说："一点儿不酸。"

平的确不怕酸，那袋杨梅，都被他吃了，连青的都吃了，一个不剩。

平和杨梅决定在这年十月结婚，结婚前平一个朋友还劝过他，朋友说："你真要跟一个乡下姑娘结婚呀？"

朋友还说："她配不上你。"

平笑了笑，跟朋友说："我很清楚我自己，我父母也是乡下来的，我外婆婆现在还在乡下。"

平还说："再说我连工作都没有，我哪能挑挑拣拣呢。"

不久，平就跟杨梅结婚了。

婚后，两人生活还平静，虽说不上怎样恩恩爱爱，但也不至于磕磕碰碰。后来，平开始了文学创作。平是高中生，读书时就对文学感兴趣，婚后为生活所逼，发狠写起来，竟写出了名堂。人一出名，就不一样了，经常有人来找他，还有女孩子来，对平崇拜得不得了的样子。

倒是杨梅没什么变化。

杨梅开始还做些临时工，以贴家用。后来，平写出了气候，杨梅就不出去了，在家服侍平。平答应过要带杨梅去外婆家的山里看杨梅，但平很忙，加上路远，一直没去成。

杨梅的确很想去平外婆家看杨梅，但平很忙，杨梅也没催他，不仅没催，平喜欢吃杨梅，杨梅总是买来给平吃。平真的喜欢吃杨梅，每次买来杨梅，不管青的红的，他都吃得一个不剩。杨梅见了，总说："你这样喜欢吃，应该去你外婆家吃，一次吃个够。"

杨梅还说："我也想去那儿看看，你答应过的。"

平说："等我有空，一定带你去。"

但平就是没带杨梅去。

后来的一天，杨梅发现了平的变化。平开始注重打扮了，买了很多衣服，头发梳得油光，还常常彻夜不归。有一天杨梅还在外面看见平跟一个女人在一起，两人亲亲热热的。

杨梅很难受，但没吵，也没闹。

这天平跟杨梅摊牌了，平跟杨梅说："我们离婚吧。"

杨梅说："你终于嫌弃我了。"

平没做声，但他心里承认杨梅说对了。

杨梅说："你决意要离，我也没有办法，但我有一个请求，希望你带我去你外婆家一趟，你说过要带我去的，我也真的想去看看杨梅。"

这个请求不过分，平同意了。

这天杨梅就跟了平去，五月了，正是杨梅成熟的季节，漫山遍野都是杨梅树，在青青翠翠的杨梅叶间，杨梅像星星点点的火，把山山岭岭都烧红了。

杨梅被这景致吸引了，跟平说："真美。"

平说："我们老家不仅景美，杨梅也特别好吃。"

杨梅说："杨梅都是酸的，难道你这里的杨梅不酸。"说着，走到一棵杨梅树下，摘了一个杨梅，往嘴里塞。"

平说："好吃吗？"

杨梅说："真的不错。"

杨梅随后摘了一袋，给平吃，当然，她自己也吃。两个吃着杨梅，往前走。走了一会儿，平忽然看见一棵树，树上的杨梅特别大，平再不吃手上的了，去摘树上大的吃。

离开这儿时，平摘了一大袋，先前杨梅摘的那袋，平也提在手上，平比了比，觉得那袋太小了，平于是一扬手，把它扔了。

杨梅觉得可惜，开口说："扔了干吗？"

平说："不好呀。"

杨梅说："比你在城里吃的好多了。"

平说："这里有的是好的，还不拣最好的吃呀。"

杨梅眼睛一红，流泪了。

平见了，就说："你怎么流泪了？"

杨梅没回答平，只抹了抹眼睛。

从山里回来，他们就离婚了。

# 金老鼠银老鼠

　　我一个同学在坪下镇当镇长，这个同学我们好久没联络了，但有一天他打了我的电话，让我有空到他们坪下走走。我是报社记者，我明白走走的意思，同学希望我去他们坪下采访。

　　有一天我去了。

　　同学已经发福了，腰圆肚胖，大腹便便。他先带我在坪下参观，领着我到处看。这坪下我以前也来过，但那是好多年前，那时坪下很破旧，一幢像样的楼也没有。现在坪下变样了，新开了一条街，两边都是新楼，很像回事。镇政府盖了一幢八层楼，全贴了瓷板，显得气派而又堂皇。但平心而论，这些房子都没有什么特色，随便到哪个乡镇去，都差不多。倒是古建筑，让我很有兴趣。为此，我在同学陪我在镇上参观了一会儿后，问同学说他们坪下哪个村古建筑多一些。我跟同学解释说现在很多地方都在开发旅游资源，如果哪个村古建筑多，保存得很好，就可以开发出来，让人来游玩。同学已经在坪下呆了三四年了，对坪下还是很了解的，他当即告诉我有一个叫后邓的村子有很多老屋。说着，同学便拨通了后邓村村长的电话，然后对着电话大声说，邓村长吗，我一个同学，是记者，他要来你们村考察老房子，你准备一下，我们马上过来。

　　放下电话，我们就坐车往后邓去。大概有那么二十几里，路又不好走，走了将近一个小时才到。后邓村的村长在村口等我们。这是个很难看的人，满脸的横肉，如果在荒郊野外看见他，我一定会害怕，以为他是个土匪。当然，现在他不是，是村长。他很热情地带着我在村里这里走走，那里看看。应该说，后邓村的古建筑是很有特色的，整个村有二十多幢老屋，这些房屋构造大致相同，规划统一，屋间巷道都是由青石板缀连铺成的，深邃悠长，曲径相通。这些老屋中间，有一幢"金鼠传世"最大，这是一座四幢直进的老屋，里面大大小小的房屋算起来恐怕有上百间。进门时先有一个门楼，用白麻石砌成的，飞檐翘角非常好看，"金鼠传世"几个字就镶嵌在上面。我在老屋里看了很久，觉得这幢老屋至少也有300多年了，从房屋结构看，它是明末清初的建筑。遥想当年，这楼不知住了多少人，繁衍了多少悲欢离合的故事。但我更感兴趣的是当年做这样一幢大屋，得花多少钱，而房屋的主人又是靠什么赚到那么多钱的呢？有了这个想法，我就不会把它放在心里，我问了镇长和村长。两个人都知道一些，他们两个左一句右一句地讲了一会儿，我听明白了。原来，这幢老屋是一个叫邓十发的人做的。当时，他是一个换糖匠。这个职业，我们现在也有，就是走街串巷敲着铁板用糖换人家东西的人。当年他总在坪下圩换糖，晚上就在坪下熟人家借住。但总在熟人家借住也不行。当时坪下有一幢闲屋，没人敢住，传说那屋里有老鼠精，黄老鼠、白老鼠，硕大无比，进去住的人会被老鼠咬死。这邓十发胆大，有一天他从熟人家搬了出来，住进了那幢屋子。到晚上，他果然看见白老鼠、黄老鼠在屋里蹿来蹿去，只只都比猫还大，速度极快，倏忽间就不见了。邓十发胆子确实大，有一天晚上他看见一只黄老鼠钻进了一块石缝里，便用铁棍去撬那块石板。把石板撬起，屋里金光灿灿，原来石板底下埋着无数的金子、银子。那些老鼠长年吞金蚀银，结果一只只都变成了金老鼠、银老鼠。邓十发靠着这些金银在村里盖起了最大的一幢房子，并取名"金鼠传世"。显然，这个故事传说的成分很重，但后邓村的人都这么讲。我还问过一些人，他们也跟我这么讲，让人听了，觉得真有那么回事。

这天晚饭就在村长家吃。村长没有住在老屋里，他做了一幢小洋楼，三层高，这房子与村里那些底矮的房子相比，便显得气派多了。这个村的人都穷，村里能保存那么多老房子就能说明问题，要不，他们早把老房子拆了盖了新房。但明显，村长不穷，也不知村长做什么发了财，就他盖起了一幢洋房子。

吃过饭回坪下镇，也开了一个小时，汽车在一幢别墅前停下了。同学跟我说以前那幢躲着金老鼠、银老鼠藏着金子、银子的地方就是这儿，那幢老屋早倒了，现在他在这儿盖了房子。我这才知道，这幢别墅是同学盖的。这幢房子又不是村长那屋可比的。虽然也是三层高，但气派得多，外面全部粉刷了彩色石子，显得富丽堂皇。

这晚我就住在同学家里，两人挤在一床。是夜月白风清，但我却一直睡不好，朦胧中我忽然看见一只白老鼠和一只黄老鼠。我还记得，这样的老鼠是吞金蚀银变成的，它们是金老鼠和银老鼠。我蹑手蹑脚起身了，去捉它们。一只白老鼠没发现我走过来，我一扑，就扑到它了。但白老鼠忽然变得极大，一个人一样大。我仔细一看，发现这只白老鼠竟然是村长。他"吱"一声大叫，从我手里挣脱了。不久，一只黄老鼠出来了，我又蹑手蹑脚走了过去，然后扑向它，也把它扑到了。这只黄老鼠更大，他也"吱"一声大叫，要挣脱我，但这回我紧紧地捉住他，没让它挣脱。

正相持时，我被人推醒了，原来是和我睡一床的同学把我推醒了，他连声叫着说，老同学，老同学，你捉着我做什么？

原来是在做梦。

# 模 特

　　开始，女县长没注意那个石膏模特，模特摆在一家时装店门口，女县长天天去上班，都要往时装店门口走过，但女县长从没注意到那个模特。直到有一天，那石膏模特被人脱光了，没再套上时装，女县长才注意到模特了。是一个女人体的石膏模特，做得很逼真，女县长好像看见一个裸体的女人。女县长皱了皱眉，觉得一个模特不套着时装放在这里很不雅观。

　　但女县长不会去干涉人家，人家爱把模特怎样是人家的事，女县长很快从模特跟前走过了，也很快把模特抛在脑后了。

　　女县长往单位走去。

　　女县长当然有车，但单位离家近，所以女县长上班从不坐车，而是走着去上班。到了单位，所有的人都跟她打招呼，还喊李县长早。女县长也跟人家打着招呼，然后走进自己的办公室。

　　才到办公室不久，下面一个乡的乡长就走了进来。女县长看见这个乡长就心烦，这乡长送了女县长五万块钱，目的是想从乡里调上来。女县长拿了人家的钱，就得替人办事，想安排他去体委当主任。但这乡长不干。现在乡长又来了，女县长当然知道他有什么事，女县长跟他说："要不你去当文化局的局长吧。"

　　乡长说："文化局我也不想去。"

　　女县长说："那你到底想去哪里？"

　　乡长说："我想去建设局。"

　　女县长脸色就不好看了，女县长没答应他，只说："再说吧。"

　　乡长悻悻退了出去。

　　女县长下班还是走着回家，走到那家时装店门口时，女县长开始注意那个石膏模特了。也就是说，走到这儿，女县长就会用眼睛瞟一瞟石膏模特。现在，石膏模特跟前站了个人，正在把一套浅色连衣裙往模特身上套。那裙子很难看，女县长跟自己说要是我，才不穿这样的裙子哩。但石膏模特不会像女县长一样有思想，别人给它穿什么，它就穿什么。

也是很快，女县长从模特跟前走过了，但这时女县长碰到一个女人。这女人见了女县长高兴得不得了，拉拉扯扯的，显得她和县长多么的好。后来，她就把女县长拉进了刚才那家时装店，然后跟女县长说："这店里的衣服特别好看，你不在这里试试哪件好？"

是女人都喜欢好看的衣服。女县长就试了起来，试了几件，还真觉得一件不错。便买了下来，当然，钱是女人付的。

把衣服提回家，女县长要再试一下，但才打开包，女县长就看见里面有个纸包。女县长有经验，知道这是钱，打开一看，果然是钱，整整四扎，也就是说，是四万块。女县长喜欢钱，见了钱，就眉开眼笑，跟自己说："这家伙，也不知什么时候把钱放进来的。"

女县长后来每回走到那时装店门口，都会看看那个石膏模特。女县长看见，天天都有人摆弄模特，有时候给它穿衣服，有时候又不给它穿衣服。有时候给它穿长衣，有时候又给它穿短裙。反正它是个模特，只能令人摆布。

后来的一天，那个在女县长衣服里塞钱的女人走进了女县长的办公室。这女人原在一个镇上当副镇长，她给女县长送钱，就是想转正。女县长知道她来做什么。女县长说："你去妇联当主任吧。"

女人说："妇联清水衙门，我不去。"

女县长说："你要去哪里？"

女人说："我想去文化局当局长。"

女县长笑了笑，说："你们这些人哪，总是得寸进尺，看来我不安排你去文化局也不行了，我还得听你们的，哪像个县长。"

过后，那女人果然当了文化局的局长。那个给女县长送了五万块钱的乡长，也当了建设局的局长。还有一个老板，一口气给了女县长三十万，要女县长把县一中教学楼工程帮他揽下来。本来，人家一个中学建教学楼，跟她县长没什么关系。女县长也明白这点，很不想插手，但女县长拿了人家的钱，便由不得她了。她只得出面帮那老板说话。那工程果然不好接，拖了很久，老板就天天催她，还不时地打电话给她，让她过去商量办法，女县长不去还不行。有一回女县长火了，跟老板说："你把我当什么了，成天受你差使。"老板没有脾气，老板说："县长的脾气怎么这么大呢，把工程接下来不是大家都好吗？"

女县长也就没了脾气。

过后，女县长果然把工程揽下来给了老板。

应该说，女县长收了人家的钱，是会帮人家把事办好的，但也有疏忽的时候。女县长有一个远房亲戚，是个下岗工人，东拼西凑借了五千块送给女县长，想让女县长帮他调一个单位。女县长开始也答应了，但因为钱少，过后就忘了，大半年都没帮人家办。那下岗工人的老婆是个厉害角色，见女县长拿了钱不办事，很生气，有一天她在那时装店门口拦住了女县长。女人走近女县长，伸手就往女县长脸上抓，然后大喊大叫说："这个女人是贪官呀，她收了我的钱，却不帮我办事，你把钱还给我。"

女人一叫，就有很多人围过来看，他们附和着女人说："现在没有一个好官，你给钱他，那不是肉包子打狗吗。"

女县长这回洋相出得大了，边上没人帮她，全都指责她。尴尬中，女县长又看见时装店门口的模特了。这会儿，模特身上的时装又被人剥光了。女县长看了，忽然觉得她也像这个模特，衣服已经被人剥光了。

女县长恨不得找个地缝钻下去。